KB237574

대성
臺城

강 위에 비 흩뿌리고 강가의 풀은 가지런한데
육조의 영화는 꿈과 같고 새만 부질없이 울고 있다
무정한 것은 궁성에 늘어진 버드나무이건만
변함없이 연기처럼 십리 제방을 감싸고 있다

江雨霏霏江草齊
六朝如夢鳥空啼
無情最是臺城柳
依舊煙籠十里堤

이야기
一葦 四正

일위강 5

일류 新무협 판타지소설

초판 1쇄 찍은 날 § 2006년 6월 3일
초판 1쇄 펴낸 날 § 2006년 6월 13일

지은이 § 일류
펴낸이 § 서경석

편집장 § 문혜영
편집책임 § 서지현
편집 § 이재권

펴낸곳 § 도서출판 청어람
등록번호 § 제1081-1-89호
등록일자 § 1999. 5. 31
어람번호 § 제2-0929호

주소 § 경기도 부천시 원미구 심곡1동 350-1 남성B/D 3F (우) 420-011
전화 § 032-656-4452 팩스 § 032-656-4453
http://www.chungeoram.com
E-mail § eoram99@chollian.net

ISBN 89-251-0157-2 04810
ISBN 89-5831-930-5 (세트)

一葦 竝正

일륜 新무협 판타지 소설

5

흐름이 깨지다

일흥위강

도서출판 청어람

목차

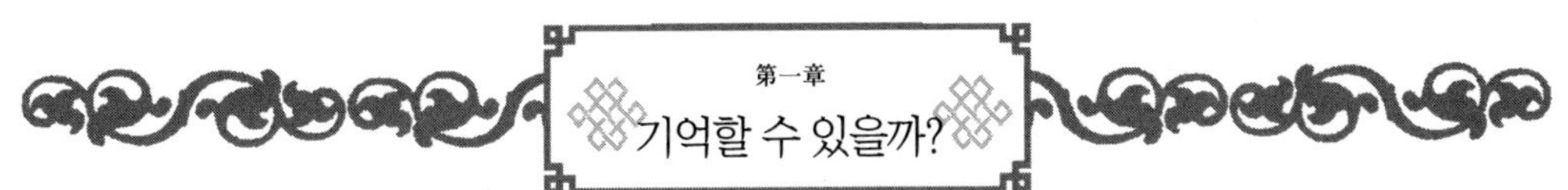

第一章
기억할 수 있을까?

북궁운혜는 떨리는 마음을 진정시키며 한 발 앞으로 다가갔다.

빨리 알아보라고 한 발 앞으로 다가갔으나, 알아보지 못하면 어쩌나 싶은 생각에 보폭이 작아졌다.

어깨를 나란히 하고 걷던 단정보다 약간 뒤처졌다.

'……?'

북궁운혜의 신형이 시야에서 사라지자 단정의 표정이 순간적으로 굳었다.

누구 앞에서도 당당하기만 하던 그녀가 긴장하고 있는 것이다.

묻고 싶었다.

'저자가 그리 대단하오?'

번뜩!

단정은 거리가 좁혀질수록 일부러 거칠게 기를 내뿜었다.

악성을 향해 북궁운혜는 내 여자이니 건들지 말라고 경고라도 하는 듯했다. 그러자 단정의 기를 느꼈는지 뒤돌아 있던 악성의 어깨가 살짝 흔들렸다.

'……!'

스윽—

단정이 다가갈수록 악성의 돌아서는 동작이 빨라졌다.

완전히 돌아선 악성과 단정의 시선이 약속이나 한 듯이 얽혀 들었다.

"……."

"……."

다른 것을 기대했던가?

단정의 얼굴은 일그러지고 있었으나, 악성은 너무도 태연한 표정으로 서 있었다.

'응?

악성이 돌아서는 모습을 볼 때만 해도 북궁운혜는 활짝 웃는 얼굴을 하고 있었다. 그러나 완전히 돌아섰을 때는 이내 실망스런 얼굴이 되고 말았다.

악성의 시선은 그녀를 지나쳐 단정에게 멈춰 있었기 때문이다.

지난 오 년 동안 그렇게도 고대하던 순간치고는 너무 허무했다.

다행히도 씩씩대던 철혈신검과 철혈파파가 그녀의 감정이 드러나지 않도록 도와주었다.

"련주님, 정리됐습니다."

“흘흘흘, 저 젊은 친구의 도움이 컸습니다.”

북궁운혜는 가볍게 고개를 끄덕였다.

“알고 있어요. 무혼지주께서 도움을 주신 걸 모두 지켜보고 있었습니다.”

목소리가 평상시보다 두껍고 탁해서일까?

듣고 있던 철혈파파는 눈이 휘둥그레져 물었다.

“련주님 목소리가 어째서……”

‘이런.’

철혈파파가 끝까지 말하도록 놔두었다가는 그녀가 일부러 목소리를 바꾼 보람이 없잖은가.

재빨리 철혈파파의 말을 끊었다.

“파파, 누 가주 일행의 얘기는 들어봤나요?”

아미까지 찡그려 그만 말하라는 신호를 주었다.

그러나 철혈파파는 눈만 멀뚱거릴 뿐 다시 질문을 거는 것이 아닌가.

“예? 아니, 그것보다 련주님의 목소리……”

보다 못한 철혈신검이 혀를 차며 나섰다.

“할멈, 무슨 말이 그렇게 길어? 흘흘흘. 련주님, 제가 나중에 듣고서 보고를 올리도록 하겠습니다.”

철혈신검은 말을 마치고는 걱정 말라는 듯이 씨익 웃어주었다.

“흠흠, 신검께서 그럼 수고해 주세요.”

북궁운혜는 얼굴이 달아오르는 걸 느끼고서 고개를 돌렸다.

속으로 길게 숨을 내쉰 뒤, 악성을 돌아봤다.

“무혼지주님, 도움에 감… 사……”

그러나 그녀의 말은 또다시 멈추고 말았다.

악성의 시선이 여전히 단정을 향하고 있기 때문이다.

'왜 저러시지?'

그제야 의아한 얼굴로 단정을 돌아봤다.

'……!'

단정의 몸에서 무서운 예기가 흘러나오고 있었다.

악성을 직시하는 눈빛이 마치 필생의 적을 보는 것 같았다.

더구나 시간이 흐를수록 단정의 몸을 감싸고 있던 푸른빛이 더욱 강해졌다.

어이없게도 악성을 상대로 청살권경을 뿜어내려는 것이다.

북궁운혜는 급히 단정을 불렀다.

"단 공자님, 진기를 거두세요!"

평소의 그라면 말이 끝나기 무섭게 돌아섰을 것이나, 지금은 평상시가 아니었다.

청살권을 완벽하게 익혀 권강을 자유자재로 구사할 수 있으며, 이기어검의 경지에 오른 북궁현과 권붕(拳鵬)을 사용하여 동수를 이룬 그였다.

북궁운혜 앞에서 자신의 주먹에 맞아 나가떨어지는 악성을 보여주고 싶었다.

그러나 그의 생각은 곧바로 이뤄지지 않았다. 아니, 이루어질 리가 없었다. 악성에 대해서 아무것도 모르는 그였다. 어느 정도의 힘을 내야 상대할 수 있는지 알 리가 없었던 것이다.

'겉으로는 편안한 척해도 지금 많이 힘들걸?'

단정은 자신감 넘치는 표정을 지었다.

악성이 단정의 생각에 호응을 해주면 좋으련만, 기를 발하는 단정과 달리, 악성은 피의 순환을 통해서 오히려 몸을 보호하고 있었다. 앞으로 얼마의 시간이 흘러도 불편할 이유가 없었다.

악성은 단정이 보내는 기가 청살권경이란 것도 모르고 몸에 닿기도 전에 튕겨내고 있는 것이다.

티딕— 틱—

지금까지는 별 어려움 없이 피의 순환만으로 가능했다.

'이대로 더 있어야 하나? 뭔가 굉장한 걸 보여줄 것처럼 하더니……'

태연한 악성의 생각도 모르고 단정은 고개를 갸웃거렸다.

'오성의 청살권경을 한 치의 흐트러짐 없이 받아내?'

뭔가 속은 듯한 느낌이 들었다.

진의십이천 중 일곱을 상대한 후라 힘이 들 것이라 여기고 일부러 오성만 사용한 것이 실수였던 모양이다. 그러나 여기서 내공을 더 올리면 악성의 무공을 인정하는 행동이 되고 말 것 같았다.

무엇보다, 누구나 내공을 익히게 되면 몸 주위로 기가 흐르기 마련인데, 악성은 별다른 운공도 없이 청살권경을 모두 막아내고 있잖은가.

'칠성이라면……'

오성이라 받아냈으리라.

그렇게 생각하기로 했다.

단정의 몸에서 한 걸음 정도 떨어진 곳에서 갑자기 푸른빛이 일어났다.

츠르르— 룻—

오성의 청살권경은 일 보 밖에서, 칠성은 일 장 밖에서, 구성은 이 장 밖에서 그 위력이 빛을 발한다.

단숨에 단정의 지배 공간이 거의 일 장까지 늘어났다.

스스스슷─

더 늘리기 위해 힘을 끌어올리려는 순간,

'응?'

청살권경을 칠성까지 올렸음에도 악성의 표정은 여전히 담담하기만 했다. 오히려 단정은 자신이 쏘아낸 청살권경이 되돌아오는 듯한 착각을 하게 됐다.

'……!'

진의십이천 중 다섯은 그도 얼마든지 해치울 수 있었다.

그러나 그들을 상대하고 난 직후, 지금의 악성처럼 청살권경을 튕겨 낼 수 있다고는… 자신할 수 없었다.

어이없게도 단정은 스스로 던진 질문들에 대한 답을 하지 못해서 헛갈리기 시작했다.

'구성이다!'

이젠 자신의 집중력이 흐트러지는 순간, 악성의 반격에 당할지도 모른다는 생각까지 들었다.

막 푸른빛의 반경이 요동치려 할 때였다.

"단 공자님!"

북궁운혜의 목소리가 들렸다.

퍼뜩!

단정은 무의식적으로 고개를 돌렸고, 화가 난 얼굴의 북궁운혜를 봐야 했다.

'큭.'

고소를 지으며 아쉬운 표정으로 진기를 거두었다.

북궁운혜의 성난 표정이 무얼 바라는지 알기 때문이다.

단정이 진기를 거두는 것과 동시에, 청살권경을 튕겨내던 악성의 기도 사라졌다. 물론, 악성은 공격한 적이 없기에 거둔 적도 없었다.

단정이 먼저 인사를 건넸다.

"실례했습니다. 강한 분을 대하게 되자, 저도 모르게 도를 넘어선 모양입니다. 단정이라 합니다. 칠성의 청살권경은 받을 만하셨는지 모르겠습니다."

은근히 자랑 섞인 투가 묻어 나왔다.

악성은 무슨 말인지 모르겠다는 듯이 단정을 쳐다봤다.

의외로 단정의 표정이 무척 진지해 보였다.

"하하하. 악성입니다. 겸손하실 필요 없습니다. 조금만 더 강하게 공격했더라면 이렇게 웃지도 못했을 겁니다."

'웃어?!'

단정의 눈매가 날카로워졌다.

칠성이라고 했지만, 그 힘은 진의십이천·다섯을 합친 것과 맞먹는 위력임을 자신할 수 있었다.

그런 공격을 받아내고서 저런 표정이라니.

단정은 화를 추스르기 위해 애써 고개를 돌렸다.

그 모습에 악성은 고소를 지었다.

'북궁 소저 때문에 모른 척하고 있었을 뿐인데, 저렇게 의기양양하다니… 재미난 사람이군. 다음에는 처음부터 강한 공격을 하시오. 칠성 공력이기에 튕겨낸 것뿐이니까. 조금만 더 강한 공격이었어도 진의십이천이란 자들과 똑같은 경험을 했을 거요. 후후후.'

웃고 있는 악성의 속마음은 모른 채, 단정은 자신의 말을 악성이 인정했다고 여겼다.

당당하게 북궁운혜를 돌아보며 말했다.

"련주님, 악 대협이 진의십이천 중 다섯의 무기를 한꺼번에 베는 신기가 우연이 아니더군요."

"……?"

악성은 살짝 인상을 찡그리며 단정의 말을 정정해 주었다.

"하하하. 단 대협, 잘못 아셨습니다. 제가 벤 것은 그들의 무기가 아닙니다."

단정이 한 말을 분명코 칭찬이 분명했다.

기분 나빠할 이유가 전혀 없는 것이다.

단정은 악성의 말을 기다렸다가는 '내가 벤 것은 그들의 무기가 아니라, 그들의 성급한 마음입니다' 라는 황당하고도 가소로운 말이 나올 것 같은 생각이 들었다.

급히 말을 잘랐다.

"무기를 베지 않았는데, 그들의 무기가 잘렸다는 말씀이십니까?"

대답해 볼 테면 해봐라.

누가 봐도 비웃음이 들어 있는 걸 알 수 있었다.

악성은 다시 한 번 입에서 나오려는 말을 참았다.

"그 얘기는 나중에 하기로 하죠. 저는 두 분이 계신 줄 알았으면 나서지 않았을 겁니다. 괜히 나서서 얼굴만 간지럽게 됐군요."

단정은 속으로 욕을 했다.

'…역겨운 놈.'

말에서 행동까지 전부 마음에 들지 않았다.

차라리 진의십이천 따위는 안중에 두지 않는다고 했으면 이렇게 화가 나진 않았을 것이다.

‘자신이 벤 것은 무기가 아니라고? 어처구니가 없군.’

내가 바로 진의십이천 중 다섯의 무기를 자른 사람이라든지, 함부로 내 앞에서 섣부른 실력 드러내지 말라든지, 신비한 척하지 말고 오만했으면 이렇게 기분이 나쁘지는 않았을 것이다.

‘구성까지 올렸어야 했어.’

청살권의 진정한 묘용은 구성부터가 진짜이기 때문이다.

그가 익힌 청살권은 백리풍의 적룡, 천검부의 이기어검과 함께 삼극무황의 정화였다.

‘내가 백리천이나 북궁현보다 늦게 삼극무황동에 들고서도 일찍 나온 이유는, 하나만 완벽하게 익혀도 충분하다는 자신 때문이다.’

삼극무황동에는 무공을 익힐 수 있는 장소가 세 군데였다.

입동한 세 사람은 다른 무공을 익히기 위해 한 장소에서 이 년씩, 사 년을 보내게끔 되어 있었다.

백리천이나 북궁현은 필사적이었으나, 단정은 왜 그렇게 세 가지 무공을 다 익히려는지 이해하지 못했다.

삼극무황의 무공이 한 사람에게 집중된다?

그러나 그것이 어쨌단 말인가?

오히려 백리천이 적룡각, 천검, 청살권, 세 가지 무공을 모두 익혀서 다행이었다. 그렇지 않았으면 아직도 삼극무황동에 갇혀서 재미없는 하루하루를 보냈을지도 몰랐다.

단정의 청살권은 두껍고 차갑다. 반면에 백리천의 청살권은 넓고 뜨거웠다. 거기에 또다시 천검을 접목시켰으니, 넓으며 뜨겁고 날카롭기까지 한 적룡이 탄생됐으리라.

백리천이 세상에 나오려면 아직 멀었다.

그 기간이라면 남녀 사이에 일어날 수 있는 변화가 진행되고도 남을 시간이었다.

북궁운혜를 차지하겠다!

그녀를 본 이후로 오로지 그 생각뿐이었다, 적어도 눈앞의 악성이 나타나기 전까지는.

'파에게는 미안하지만 어쩔 수 없지.'

그의 동생 단파는 현재 은하련의 부련주를 맡고 있었다.

암황무적군단과 정천이 사라지면서 갑자기 등장한 진의맹이 무림을 장악하려 하자, 삼 년 전부터 북궁운혜가 천검부의 무인들과 함께 만든 단체가 은하련이었다.

무림의 일에는 손을 뗀 백리풍을 위시하여 그녀의 아버지와 단소동까지 삼극무황의 무공에만 신경 쓴 탓에 여간 힘든 시간이 아니었다.

단정은 삼극무황동을 나오자마자 단파를 찾았고, 북궁운혜를 처음으로 보게 됐다. 당연히 단정은 첫눈에 반하고 말았다. 단파의 침이 마를 정도의 칭찬이 필요 없을 정도로, 아니, 반하지 않고는 배길 수 없는 여인이었다.

그 이후부터 지금까지 그녀의 곁을 떠날 수 없게 된 것이다.

그녀는 상대를 힘으로 제압하는 것은 최하책이라며 이미 인심을 얻은 자들을 죽이면 안 된다고 했다, 그렇게 되면 무고한 생명을 죽이는 살인자로밖에 인식되지 않는다고.

단정이 진의맹주를 죽이겠다는 생각을 바꾼 이유였다.

악성은 곤혹스러운 눈빛이 됐다.

'이것 참…….'

평소에 생각할 시간이 모자란 사람처럼 단정은 악성을 눈앞에 두고 생각에 잠겨 버렸다.

악성이 단정의 눈빛을 보니 이미 그의 주위에 사람이 있다는 사실조차 까맣게 잊은 듯 보였다.

대단한 집중력임에는 분명하지만, 여러 사람 곤란하게 하는 집중력인 것도 분명했다.

머쓱해진 악성의 시선이 옆으로 돌려졌다.

처음으로 북궁운혜와 시선이 마주쳤다.

"……."

"……!"

쿵쿵쿵쿵—

북궁운혜는 숨을 제대로 쉴 수가 없었다.

알아볼까? 알아봤으면 좋겠다. 아니, 알아보지 못하는 편이 더 나을까? 모르겠다, 모르겠어.

그 잠깐 사이에 그녀의 머릿속에는 지난 오 년이 지나갔다.

두 사람의 묘한 분위기에 철혈신검과 철혈파파는 물론이고 누창현도 눈치만 보면서 쉽게 말을 꺼내지 못했다.

"영감, 련주께서 아는 것 같죠?"

"흠, 그러게. 련주께서 저리 긴장하는 모습은 처음인데……."

누창현이 입술을 가리며 두 사람을 향해 '쉿!' 하고 경고를 했다.

무의식중에 한 행동이었으나, 철혈파파는 안쪽 썩은 이가 다 보이도록 활짝 웃었다.

"영감, 저 자식 돈 거 아니우?"

"나도 저 상황이 궁금하니, 썩은 이는 나중에 죽일 놈들에게나 보여."

“윽.”

철혈파파가 괴장을 들어올리려 할 때, 악성의 목소리가 그녀의 행동을 멈추게 만들었다.

“오…….”

북궁운혜의 눈빛이 반짝였다.

‘오’로 시작될 수 있는 말이 뭐가 있겠는가.

오랜만이라는 말이 아닐까?

그러나 그녀의 기대는 허공에서 떨어진, 정말로 그렇게밖에 표현할 수 없는 두 사람의 등장으로 순식간에 무너지고 말았다.

“주군, 그것들은 뭡니까!”

북궁운혜의 시선이 사납게 허공으로 돌려졌다.

“누구냐!”

‘윽!’

악성은 북궁운혜의 사나운 목소리에 자신도 모르게 허공을 향해 돌아섰다.

무서운 속도로 다가오는 인영 둘.

목소리만으로 장내를 꽉 채운 장패기가 내려섰고, 주위를 살피는 시선이 예사롭지 않은 풍호가 뒤이어 내려섰다.

악성의 입에서 낮은 한숨이 나왔다.

‘장패기… 장패기! 상황 파악 좀 하고 다니지.’

성격 급한 장패기가 서둘렀으리라.

악성은 어쩔 수 없이 북궁운혜에게 둘을 소개했다.

“놀라지 마세요. 제 일행입니다.”

“일행…….”

여전히 분위기 파악보다 나서는 것이 주목적인 장패기의 입에서 거친 폭갈이 터졌다.

"주군께 허튼짓했다가는 니들 다 죽어!"

옆에 있던 풍호가 귀를 막으며 그의 머리를 한 대 후려쳤다.

딱—!

"조용히 못하냐."

"아, 왜 때… 아아!"

장패기는 풍호에게 귀를 잡혀서 말도 제대로 못하고 얼굴을 앞쪽으로 쭉 내밀었다.

"쯧쯧. 앞뒤 안 가리고 나서기는."

"알았어요. 알았으니까, 이것부터 좀 놔요. 쪽팔리게 이게 뭐냐고요!"

두 사람의 티격태격하는 모습을 지켜보던 철혈신검과 철혈파파의 얼굴은 일그러질 대로 일그러져 있었다. 갑자기 나타나서 하는 짓거리가 뭔가 말이다.

"영감, 저 물건들을 그냥 보고만 있어야 하우?"

화가 난 그녀와 다르게 철혈신검은 여유만만이었다.

"흘흘. 보고 있지 않으면?"

"이렇게 해야지. 야, 이… 읍!"

철혈신검이 욕부터 꺼내려는 철혈파파의 입을 재빨리 막으며 귀에다 대고 조용히 말했다.

"괜히 나서서 망신당하지 말고 조용히 해. 련주님께 맡기자구."

철혈파파는 숨이 막히는지, 철혈신검의 손가락을 깨물었다.

"아얏!"

손을 떼자, 그제야 그녀는 숨을 크게 들이쉬었다.

“숨 막혀 죽을 뻔했네. 퉤퉤. 망할 영감탱이… 겁나면 겁난다고 말해!”

“겁?”

“그래!”

“그래, 겁난다! 내 나이 겨우 육십이야. 당연히 죽기 싫지. 죽으려면 할멈 혼자 죽어!”

“이이… 망할 영감탱이가 근데!”

파바박.

철혈파파의 눈에서 불꽃이 일었다.

그때, 북궁운혜가 참지 못하고 두 사람을 불러 세웠다.

“두 분 좀 조용히 하세요!”

철혈파파와 철혈신검은 찍소리 못하고 입을 다물었다.

두 사람의 모습이 그렇게 우스웠던가?

장패기는 침까지 튀기며 크게 웃었다.

“푸하하하!”

거침없이 웃는 장패기의 밉살스러운 얼굴로 두 사람의 시선이 돌아간 것은 당연했다.

“저, 저……!”

“흠…….”

장패기의 전신에서는 건방이 뚝뚝 떨어지고 있었다.

그냥 두고 보면 철혈파파가 아니리라.

“이 싸가지없는 녀석아! 어디서 털 숭숭난 조동이를 놀려대는 게야! 안 닫아!”

철혈파파의 일갈에 장패기는 고개를 좌우로 돌려봤다.

그녀와 시선을 마주치는 사람이 한 명도 없었다.

장패기는 자신의 황당한 상상이 혹시라도 맞을까 봐 풍호를 쳐다보
며 물었다.

"풍 노사, 저 할멈이 지금 내게 말한 겁니까?"

풍호는 콧방귀를 꼈다.

"그럼 나한테 했겠냐?"

"했을 수도 있죠. 워낙 이상한 노인들이라. 흐흐흐."

상황이 이상하게 돌아가기 시작했다.

은하련의 무인들은 조금 전까지만 해도 악성의 신위에 할 말을 잃고
있었다. 그런 분위기를 장패기가 말 몇 마디로 완전히 난장판이 된 것
이다.

악성은 더 이상 지켜보기 힘들었는지 장패기를 불렀다.

"장패기, 물러나."

"예? 주군, 이 할망구가… 응?"

장패기는 말을 하던 도중에 무언가 날아오는 소리를 듣고서 고개를
옆으로 돌렸다.

순간, 앞쪽이 상당히 둔탁하게 생긴 괴장의 모습이 확대됐다.

"어?"

딱—!

"킬킬킬. 그게 왜 거기에 있나… 노신이 실수를 했나 보이. 한 살이
라도 젊은 놈이 이해해라. 푸헬헬헬."

빠직!

장패기의 이마에 힘줄이 불끈 일어났다.

콧구멍에서는 연신 김이 흘러나왔고, 악성만 아니었다면 벌써 이보
반을 꼬나 쥐고 철혈파파를 작살냈으리라.

그를 알고 있는 풍호가 뒤쪽에서 중얼거렸다.

"놈이 사람 됐네? 껄껄껄."

거기서 끝이 아니었다. 악성의 명령에 따라 한 발자국 뒤로 물러서기까지 하는 것이 아닌가.

장난을 먼저 친 철혈파파만 무색해지고 말았다.

'큼. 고삐 풀린 망아지는 아니었던 모양이군. 괜히 나서서는. 쯧.'

그러나 이미 저질러진 일이었다.

철혈파파는 뻔뻔하게 나가는 것이 모양새가 낫다는 판단을 내렸다.

"이번에는 이 정도로 끝낼 테니, 다음부터는 말을 가려서 해라."

"……!"

장패기의 한쪽 눈썹이 올라갔다.

슷—

철혈파파가 마지막 말만 하지 않았어도 장패기는 괴장을 주우려 허리를 숙이는 그녀의 뒤로 가지 않았을 것이다. 또, 실수인 것처럼 이보반에서 손을 떨어뜨리고 그 끝을 발로 툭 차지도 않았을 것이다.

불행은 철혈파파의 엉덩이가 모두 책임지고 말았다.

푹—

"커헙……!"

철혈파파의 고개가 번쩍 치켜지며 도저히 인간이 낼 수 없는 비명이 터져 나왔다.

"꽤에… 엑……!"

척추를 따라 아래로 내려가면 엉덩이를 지나 살짝 튀어나온 곳과 만나게 된다. 그 안쪽에는 측간이나 가야 쓰임새를 맘껏 뽐낼 수 있는 곳이 나오는데, 장패기의 창 뒤쪽 뭉툭한 곳이 거기를 막아버리고 말았다.

장패기는 철혈파파의 비명 소리에 혀를 찼다.

"엥? 이게 왜 거기에 들어갔데에……? 큭큭큭."

말을 하면서 장패기는 전혀 당황하지 않고, 천진난만함 가득한 눈으로 천연덕스럽게 창을 뺐다. 물론 순순히 빼줄 리가 없었다. 빼는 척하며 발끝에 힘을 주었다.

"쿠우웨에엑!"

"아아… 이런. 왜 안 빠지는 거야. 큭. 파하하하. 이것 참, 미안해서 어쩐데에… 너무… 깊이 들어갔나? 큭. 조금만 참으슈, 빼줄 테니까."

철혈파파는 엄청 즐거워하는 장패기의 모습을 보면서 화가 머리끝까지 치솟았으나, 당장 어찌할 방도가 없으니 거품 물기 직전의 표정으로 노려만 볼 뿐이었다.

"끄르륵……!"

철혈파파의 충혈된 눈이 서서히 뒤로 돌려졌다.

웃고 있는 장패기의 얼굴이 한눈에 들어왔다.

"위… 궤에… 쉐… 끼얏!"

그녀는 엄청난 고통을 인내하며 앞으로 움직여 이보반의 뭉툭한 부분을 빼냈다. 엄청난 고통이 빠져나가면서 새로운 고통이 추가되는 소리가 들렸다.

뽕―!

"꿰에엑……!"

그제야 이보반의 잃어버린 일부가 빠졌다.

철혈파파는 억울한 눈으로 철혈신검을 향해 소리쳤다.

"여, 영감! 이, 이놈 조옴……!"

"아!"

말릴 사이도 없이 일어난 일을 넋을 놓고 지켜보던 철혈신검, 부랴 부랴 검을 뽑아 들고 날아올랐다.

"이놈, 그만두지 못하느냐!"

"나를 먼저 때린 게 누군데! 늙은이들이 먼저 시비를 걸어놓고 어따 뒤집어씌워!"

"시비는 네놈이 먼저 걸었잖느냐!"

수십 줄기의 검기가 장패기의 전신을 향해 쏟아졌다.

"뭐야, 이거 장난이 아니잖아."

장패기는 말과는 달리, 너무도 태연한 동작으로 이보반을 흔들었다.

슝—

이보반이 회전하는 것과 장패기의 손이 뒤로 이동했다.

중심을 잡은 상태로 검기와 일일이 부딪쳤다.

콱콱콱—!

간결한 소리와 함께 철혈신검의 검기가 모두 사라졌다.

"헛!"

철혈신검은 묵직한 반탄력에 의해 검을 급히 양손으로 잡았다.

한순간 중심을 잃은 탓인가?

턱. 턱. 턱.

"……!"

세 걸음이나 뒤로 물러서고 나서야 신형을 멈출 수 있었다.

장패기는 제자리에서 한 발자국도 움직이지 않은 채 이보반의 끝부분에 코를 댔다. 그러나 곧 코를 떼며 인상을 찌푸렸다.

"으, 냄새!"

"……!"

철혈신검이 밀리는 모습에 놀라고 있던 철혈파파의 안색이 더할 수 없이 구겨졌다.

"이이… 썩어 뒤질 똥걸레 같은 새끼야! 당장 그 더러운 주둥이 안 닥쳐!"

"똥? 그건 내가 할멈한테 말해주고 싶은 건데? 그리고 말이야, 말로 천년만년 죽어라, 죽어라 해선 안 죽어. 그럼 무림에 고수란 고수는 벌써 다 뒤졌게? 킥킥킥."

"컥! 뭐, 뭐라고! 이이……!"

어지럽고 지저분하게 일어난 사건으로 화가 머리끝까지 치솟은 사람은 따로 있었다. 바로 북궁운혜였다.

'악 공자님을 얼마 만에 보는데… 이게 뭐야!'

북궁운혜는 철혈파파가 엉덩이를 비비적거리며 장패기에게 다가가는 모습을 보고 급기야는 화가 폭발하고 말았다.

"그만 하세요, 파파!"

"예? 려, 련주님, 지금 보셨잖습니까. 저 미친……."

"그만 하라고 했습니다."

'헙!'

철혈파파는 한 번도 본 적 없는 북궁운혜의 차가운 시선을 접하고 기겁을 했다.

'이, 이럴 수가… 려, 련주님이 나를… 저 미친… 컥!'

얄미운 장패기가 한쪽 눈을 찡긋거리는 모습을 보자, 나이도 잊고 서러운 눈물을 기어코 찔끔거리고 말았다.

"힝……."

장패기는 그제야 속 시원하다는 듯이 풍호 옆으로 의기양양하게 다가와 나란히 섰다.

"쯧쯧쯧."

"왜요? 예?"

풍호는 혀를 차면서 슬쩍 악성을 가리켰다.

장패기가 풍호의 시선을 따라 고개를 돌리다 가만히 바라보는 악성과 눈이 마주쳤다.

"엄… 주군, 제게 하실 말씀이라도……."

"두 분께 사과드려."

악성의 얼굴은 딱딱하게 굳어 있었다.

기세가 이미 이전의 그것이 아니었다.

'어이쿠!'

악성이 그다지 인상을 쓴 것 같지도 않은데, 지금까지 장패기가 본 얼굴 중 가장 무서웠다.

서늘한 한기가 등을 타고 땀으로 흘러내렸다.

이럴 땐 비는 게 최고다.

그러나 막상 철혈파파의 우는 얼굴을 보자 왜 그리 웃긴지.

"할멈, 울지 마슈. 살다 보면 그럴 수도 있고, 저럴 수도 있는 거지. 하여간 미안하게 됐수."

말을 끝내고 돌아서려는데 '킥' 하며 나오는 웃음까지 어찌할 수 없었다.

지켜보던 악성의 입에서 불호령이 떨어졌다.

"정중히!"

낮고 엄중한 악성의 일갈.

장패기는 재빨리 말투를 바꾸어 다시 사과했다.

악성의 명령에는 저절로 고개를 숙이게 만드는 위엄이 깃들어 있었다.

"죄송하게 됐습니다."

"나, 나도 미안하게 됐다. 큼."

장패기와 철혈파파의 모습에 악성과 북궁운혜의 얼굴이 약간 누그러졌다.

낮게 한숨을 뱉은 악성이 북궁운혜에게 먼저 사과를 했다.

"통제하지 못한 제 책임이 큽니다."

북궁운혜는 다급하게 손을 저었다.

"아니요, 오히려 제가 죄송할 따름입니다. 무혼지주님의 도움까지 받았으면서 일이 이렇게 된 데에는 제 책임이 큽니다. 부디 너그럽게 파파를 용서해 주세요."

북궁운혜의 목소리는 조금 전과 달리 무척 밝았다.

악성의 한마디에 쩔쩔매는 장패기의 모습을 본 까닭이다.

장패기와 같은 고수가 쩔쩔맬 정도라면 악성은 이미 그 이상이란 의미기 때문이다.

마주 인사를 하고 나서도 그녀의 시선은 악성에게서 떼어질 줄 몰랐다.

'오 년 전에도 이와 비슷한 상황이었지.'

정천에서 악성과 마오가 실랑이를 벌이던 때가 생각난 것이다.

그때만 해도 마오는 끝까지 사과를 하지 않았다.

'역시 그릇이 달라.'

당시만 해도 강기무공을 사용할 줄 몰라 고민하던 악성이, 어느새 강기무공을 마음대로 다루는 고수를 부하로 두고 있었다.

그녀는 생각에 너무 몰입한 나머지 입으로 '풋' 하는 웃음을 흘리고 말았다.

‘풋?’

단정의 얼굴이 딱딱하게 굳어졌다.

북궁운혜가 바라보는 시선에는 악성과 부하라는 두 사람만이 존재하는 것 같았다.

이미 그녀의 시야에는 그가 없는 것이다.

누군가에게서 존재감이 사라진다는 것은… 참, 기분 더러운 것이다.

그래서였을까?

단정은 무의식적으로 한 발 앞으로 나섰다.

이미 그의 몸에서는 북궁운혜의 시야를 왜곡시킬 정도로 강력한 투기를 뿜어내고 있었다.

“단 대협, 무슨 일이세요?”

“강한 상대와 싸우고 싶은 것은 남자의 본능이지요. 무혼지주에게 한 수 가르침을 받았으면 합니다.”

악성이 아닌, 무혼지주라고 했다.

북궁운혜는 마른하늘에 날벼락이라도 맞은 얼굴이 됐다.

“예?!”

곧 악성과 함께 은하련으로 갈 생각에 들뜬 그녀의 기분이 단정의 말에 무참히 깨지고 말았다. 말려야 한다.

“평소의 단 대협답지 않군요.”

“평소의 련주님답지 않으셔서… 그렇게 보이신 거겠지요.”

“……!”

단정이 뭔가에 단단히 틀어진 모습이다.

말릴 틈도 없이 자세까지 취하고 섰다.

이때, 그런 단정을 비웃는 풍호의 목소리가 들렸다.

"껄껄껄. 봐주는 것도 한도가 있는 법이다. 재롱은 그쯤에서 그만두고 그만 가거라."

풍호는 말을 마치고 슬쩍 어깨를 폈다.

아주 간단한 움직임에 단정은 두 눈을 부릅뜨고 쳐다봐야 했다.

'흡!'

숨이 순간적으로 막혔다.

풍호와 그가 마주한 공간을 완전히 일체화시킨 상태여야 가능한 한 수였다.

"널브러진 시체들만 봐도 알겠구만. 왜? 네가 하려던 일을 주군께서 가로챈 것 같으냐? 그래서 심통을 부리는 거냐?"

"지금 그 말… 나를 졸렬한 놈으로 봤다고 해석해도 되겠소?"

"끌끌끌. 해석은 무슨. 있는 그대로 받아들여. 나는! 너를 속 좁은 놈으로 봤다."

"……!"

"아, 새겨들을 말 한 가지 더."

"하시오. 마지막이 될지도 모르니."

"네가 지닌 재주에 굉장한 자신을 갖고 있는 모양인데, 주군께선 지금까지 네가 상대한 자들과 격이 다른 분이다."

"격? 큭. 겁먹은 게 아니고 말이오? 그럼 그런 대단한 주군을 모시고 있는 분도 굉장하겠군요?"

배배 꼬인 단정의 말에, 풍호도 더 이상 참는 것은 무리였다.

"목숨을 건다면 보여주지 못할 것도 없지."

뒤쪽에서 지켜보던 북궁운혜는 풍호의 자신감이 지나치다고 여겼다.

그녀가 보는 풍호는 장패기보다 뛰어나거나, 좀 더 강하려나?

삼극무황동의 무공을 익혔다는 사실 하나만으로도 이 싸움은 말려야 했다.

"단 대협, 싸움은 앞으로도 많이 하게 됩니다. 선배께서도 잠시 진정하시고 악 대협의 말씀을 들으시지요."

그녀는 말을 마치고 악성을 돌아봤다.

그러나 당연히 말릴 줄 알았던 악성이 엉뚱한 말을 하는 것이 아닌가.

"이거 어쩌죠? 풍노가 나서면 저도 말릴 수가 없으니……."

"악 대협님!"

"풍노, 다치지 않게 적당히 하세요."

풍호가 껄껄대며 웃었다.

"제가 알아서 하겠습니다, 주군."

악성이 북궁운혜를 돌아봤다.

"알아서 하겠다는 데요?"

북궁운혜의 안색이 해쓱해졌다.

기어코 하고 싶지 않은 말을 꺼내고 말았다.

"휴우… 어쩔 수 없이 이 말씀을 드려야겠네요. 단 대협은 백리풍 대협께서도 승부를 장담할 없는 고수란 것만 알려 드릴게요."

말을 마친 그녀는 조심스럽게 악성을 바라봤다.

생각이 바뀌었을 거라 믿었던 그녀의 눈이 커졌다.

그녀의 말을 듣기나 한 걸까?

악성은 무덤덤하게 고개만 끄덕였다.

"그렇군요."

"제 말을 믿지 않으시는군요. 말리세요. 안 그러면 저 노인께서 크게 다치십니다!"

"글쎄요. 그건 두고 보면 알겠죠. 아, 시작했네요."

"아……."

고개를 돌리던 그녀의 입에서 나직한 탄성이 흘러나왔다.

단정의 몸에서 일 장 정도 떨어진 허공에서 청색 강기가 빛을 발했다.

늦은 것이다.

악성은 안타까워하는 그녀를 보며 생각했다.

'진의십이천이란 자들을 상대할 때부터 북궁 소저가 근처에 있다는
건 알고 있었다.'

삼위성의 독특한 기운을 악성이 왜 모르겠는가.

단지, 함께 나타난 단정의 적의 때문에 아는 척을 하지 않았을 뿐이
었다.

'북궁 소저, 단정이란 사람이 백리풍 대협과 비교될 정도의 실력을
갖추었다고 해도… 풍노의 상대가 될 순 없소. 백리풍 대협도 풍노한
테는 오십초를 버티기 힘들 테니까.'

악성의 입가에 미안한 웃음이 걸릴 때였다.

체념하고 있던 북궁운혜의 입에서 경악성이 터져 나왔다.

"헛, 저, 저럴 수가!"

풍호를 향해 일제히 빛을 뿌리던 청살권강 십여 줄기가 허공을 이리
저리 겉돌고 있었다.

물이 가득 찬 종지에 기름을 얹은 것이랄까?

풍호가 펼친 호신강기를 뚫지 못하고 계속해서 미끄러지고 있었다.

급기야 단정의 표정이 딱딱하게 굳었다.

'마, 말도 안 돼! 십성의 청살권강을 어찌 미끄러뜨릴 수 있단 말이냐!

믿을 수가 없었다.

강기가 미끄러진다?

이런 말도 안 되는 일이 어디 있단 말인가?

속이 바짝 타 들어갔으나, 북궁운혜가 있는 곳에서 풍호보다 약하다는 걸 드러내고 싶지 않았다.

'주인이나, 부하나.'

악성이 그랬던 것처럼 풍호 역시 웃고 있었다.

저 웃음 때문이리라.

기어코, 단정은 그만두라는 머릿속의 외침보다 싸우라고 외치는 본능에 따르기로 했다.

"이것까지는 사용하지 않으려 했지만 어쩔 수 없지. 삼극무황의 진정한 힘을 보여주도록 하지."

단정의 읊조림에 풍호는 이채를 발했다.

"삼극무황?"

"왜, 겁이 나느냐? 하지만 늦었다."

"껄껄껄. 어린놈이 성질도 급하구나. 겨우 네 녀석 정도가 삼극무황의 후예 운운하기에 물어본 게다. 정말로 삼극무황의 진전을 모두 이었느냐?"

청살권이 삼극무황의 무공임은 틀림없잖은가.

단정은 당연하다는 듯이 고개를 끄덕였다.

'……!'

지켜보던 북궁운혜의 눈빛이 무겁게 가라앉았다.

삼극무황의 진전을 이은 사람은 단정이 아니라, 백리천이다.

그녀는 스스로를 과대 포장해서 실력 대신 이름을 높이려는 사람치고 제대로 된 무인은 한 명도 보지 못했다.

‘그동안 내가 봐왔던 단 대협의 모습은 거짓이었구나…….’

장패기는 입맛을 다셨다.

“쳇, 뽐내기는.”

누구는 싸웠다고 호되게 야단을 맞은 반면, 누구는 느긋하게 싸움을 즐기도록 허락을 받았다.

불공평하게 느껴졌으나, 조금 전 악성의 눈빛을 떠올리며 알아서 자중하기로 했다.

‘아, 서찰!’

풍호와 함께 급하게 악성을 찾은 이유가 그제야 생각났다.

오칠이 건네며 최대한 빠르게 전해달라고 부탁하지 않았던가.

장패기는 자신의 머리를 콕 쥐어박고는 악성에게 다가갔다.

“주군, 진작 말씀드려야 했습니다만…….”

서찰을 건네자, 악성은 받아 들며 물었다.

“이게 뭐지?”

“오칠이 전해달라고 했습니다.”

“오칠?”

받아 든 서찰을 빠르게 읽어내려 가는 악성의 표정이 좋지 않았다.

“주군, 무슨 일입니까?”

“서둘러야 할 것 같다.”

‘그럼 풍 노사도 싸우지 못하는 건가? 킥킥킥.’

악성의 눈치를 살피던 장패기의 표정이 밝아졌다.

“풍 노사를 부를까요?”

“왜?”

“서두르신다고…….”

악성은 장패기가 또다시 싱거운 소리를 한다 싶었는지 말을 잘랐다.

“중요한 순간이다. 조용히.”

‘엄…….’

장패기의 눈이 납작해지면서 입이 툭 튀어나왔다.

“나도 진짜로 싸우면 잘 싸울 수 있는데…….”

“…….”

“정말인데…….”

“…….”

“정말…….”

아쉬운 마음에 중얼거렸으나, 악성의 눈은 앞쪽에 고정된 채로 흔들림이 없었다.

섬서성에서 고군분투하고 있을 부하들이 보고 싶었다.

‘그 자식들은 아는데, 내가 정말 잘 싸운다는 걸. 보고 싶다, 녀석들아!’

악성은 울상이 되다시피 한 장패기를 곁눈으로 바라보며 속으로 웃음을 참고 있었다. 그러나 이미 시작된 풍호와 단정의 싸움 때문에 내색하진 못했다.

第二章
대평원

기 련산(起聯山) 단결봉(團結峰).

휘이이잉―

서늘한 한기가 바람에 실려와 백색 가루와 함께 주위를 떠돌았다. 가지만 앙상한 나무들이 대부분이고, 나머지는 횅한 구름과 바람들이 채우는 곳.

깊은 눈으로 먼 곳을 응시하던 청년은 아무도 없는 허공을 향해 조용히 말했다.

"그만들 나오는 것이 어떤가."

무감정하고 딱딱한 말이 끝나자마자 사방에서 바람이 휘몰아쳤다. 마치 청년이 바람을 불러모으기라도 한 것처럼 너른 공간이 바람으로 꽉 찼다.

대공 모용린이라면 얼마든지 가능한 신위였다.

푸콰우와와—

바람이 잠시 머물다 사라진 모용린의 뒤편.

이내 세 사람이 모습을 드러냈다.

백리풍, 북궁악, 단소동.

세 사람은 모용린의 등을 바라보며 섰다.

스윽—

모용린은 그저 돌아선 것뿐이었다.

그러나 세 사람은 그 순간 아연실색하며 급히 진기를 끌어모아 호신강기를 동시에 펼쳤다.

"크음……!"

"……!"

"……!"

모용린이 등을 돌리고 서 있을 때만 해도 세 사람은 평형을 이루고 있다 여겼다. 그러나 모용린의 작은 몸짓에 황당하게도 평형은 순간적으로 깨져 버렸다.

세 사람을 슥 둘러본 모용린은 다시 허공을 바라보며 말했다.

"이곳은 너무 황량하군. 아무도 없는 것 같아. 오래 있고 싶지 않으니, 삼극무황의 후예는 나서라."

하대가 이토록 자연스러울 수 없었다.

세 사람은 모용린이 기련산에 모습을 드러냈을 때부터 주시하고 있었다. 그의 목적지가 단결봉이란 것을 알고서 먼저 올라와 주시하고 있던 것이다.

"나는 대공이라 한다."

응당 의아한 표정이 떠올라야 하건만, 이미 대공의 존재를 알고 있다는 듯이 세 사람의 얼굴이 굳어졌다.

"알고 있었나?"

백리풍이 나섰다.

"정확히는 모르오. 하나, 당신과 같은 능력을 보이는 사람에 대해선 얼핏 들은 것 같소."

"나에 대해서?"

모용린은 시선을 들어 세 사람의 뒤쪽을 쳐다봤다.

'삼극무황동' 이란 글자가 선명히 보였다.

동굴의 입구는 닫혀 있었다.

"더 있나?"

나타날 사람을 묻는 것이다.

백리풍은 침중한 표정으로 북궁악과 단소동을 돌아봤다.

무언가 의향을 묻는 듯, 두 사람은 백리풍을 향해 고개를 끄덕였다.

"삼극무황의 무공은 모두 세 가지요. 각각 한 가지씩 익혔으니 우리 셋 모두가 후예라 할 수 있소."

모용린은 고개를 끄덕였다.

"나는 셋이라도 상관없다."

세 사람의 안색이 대변했다.

합공을 하겠다는 뜻을 너무 순순히 받아들였기 때문이다.

그의 말이 이어졌다.

"멈췄나 보군. 왜 더 높은 경지에 도달하지 못했나?"

"……?"

"나는 지난 팔십 년 동안 오로지 한 가지만 생각했다. 현월여의선의 후예를 죽이고 난 후에는 잠시 자만했지만 수련을 멈추지 않았다. 상대를 기다리지 않고 찾았다. 당신들은 너무 나태한 생활을 한 모양이군."

눈썹을 찡그리며 북궁악이 모용린의 말을 잘랐다.

"당신은 평소에도 그리 말이 많소?"

"전혀."

"그럼 싸우러 와서 말이나 늘어놓는 이유가 뭐요?"

"후후후. 혹시나 나와의 대화를 통해 당신들이 좀 더 강해지지 않을까, 싶어서. 내가 오 년 전에 한 노인을 만난 것처럼."

"노인?"

백리풍은 반문을 하면서도 모용린이 왜 이런 얘기를 하는지 궁금했다. 무림에서 평생을 살아온 그로서는 당연한 의문이었으나, 모용린은 이런 식의 대화밖에 할 줄 몰랐다.

질문하고, 대답하고.

그 외에는 불필요한 것들이기 때문이다.

그나마도 천산에서 데려온 풍은진 때문에 이 정도까지 변한 것이다.

"유일하게 나의 공격을 막은 노인이다."

"……!"

백리풍의 눈동자가 흔들렸다.

'표정으로 봐선 거짓이 아니다. 이곳에 나타난 후, 무려 한 시진을 넘도록 땅에 발을 딛지 않고 있다. 내공이 얼마나 되기에…….'

모용린의 얼굴에는 언제든 마음만 먹으면 세 사람을 죽일 수 있다는 자신감이 있었다.

증명이라도 하듯이 세 사람은 모용린이 뿜어내는 기세에 대항하기에도 버거웠다.

오 년 전과 비교해서 칠 할 정도의 내공만 지니고 있다고 하지만, 이 순간만은 온전한 삼극무황의 후예가 되어야 했다. 그래야 백리천이 안전하기에.

백리풍은 억지로 입술을 떼며 물었다.

"그 노인은 어찌 됐소?"

"모른다. 당신들을 마지막으로 한 번 찾아가 볼 생각이다."

"마지막?"

"다른 삼황과 삼선의 후예는 모두 만나봤다."

"그들을 왜 만났소?"

어이없는 질문일 수도 있었으나, 모용린은 두 번 정도 호흡을 뱉으며 천천히 입을 열었다.

모용린을 바라보는 세 사람의 머릿속은 수많은 생각으로 복잡한 상태였다. 그가 어떤 말을 하느냐에 따라 세 사람의 행동이 달라지기 때문이다.

그러나…

"심검을 익혀야 하기 때문이다."

"시, 심검!"

세 사람은 동시에 부르짖었다.

탄성은 각기 달랐다.

백리풍은 황당함, 단소동은 어이없음, 마지막으로 북궁악은… 버럭 화를 냈다.

"무림사 이래 이기어검을 익힌 사람은 있었소. 불과 몇! 하나, 어검술의 경지에 오른 사람은 아직까지 한 명도 없소. 그것만으로도 놀랄 일인데, 심검? 그것이 어떤 경지인지나 알고 하는 말이오?!"

"어검술을 익힌 사람이 없다고? 정확히 둘이나 있다. 물론 삼황과 삼선의 후예들을 만나며 내가 직접 경험한 것이다. 그리고 심검이 꽤나 불가능한 경지라고 되어 있는 모양인데… 하긴, 나도 어떻게 도달해야 하는지 감만 잡은 상태니 그럴 수도 있겠군."

세 사람의 얼굴은 이제 볼 수가 없을 정도로 구겨졌다.

'지, 지금 저자가 자신이 심검을 익혔다고 한 건가……?'

'사람이 아니다…….'

'사조께서도 이기어검에 도달하기 위해 평생을 바쳤다고 하셨거늘, 그보다 어려운 어검술을 지나 심검이라니! 사, 사실이 아닐 것이다, 사실이!'

북궁악이 말도 안 되는 소리라고 화를 내려 할 때였다.

모용린은 다시 찬물을 끼얹었다.

"이기어검을 잘라내고, 어검술을 파괴하는 무공도 있으니, 너무 놀라지는 마라. 정말로 그런 무공이 있는지는 모르지만, 어검술을 농담처럼 받아내는 노인은 있으니까. 혹 모르지, 정말로 심검을 잘라낼지도. 쿡."

"시, 심검을 자른다고?!"

북궁악의 비명 같은 외침에 모용린은 자신이 말을 하고도 우스웠는지 한쪽 입술을 씰룩거렸다.

왜 그런 말까지 했을까?

모용린은 천산에서 만난 노인이 일위강을 익힌 자가 아니었으면 했다. 그래야 그가 아직도 올라가야 할 경지를 찾을 수 있기 때문이고, 그래야 살아갈 수 있기 때문이다.

서늘한 날씨에도 불구하고 진땀을 흘리는 세 사람.

“자, 얘기는 이쯤하고. 시간이 지날수록 힘들 텐데 그만 손을 쓰도록 하지.”

모용린이 허공에서 세 사람을 향해 시선을 떨어뜨리자, 그들은 전율을 느끼고 말았다.

북궁악은 짓눌리는 그의 기운에 대항하며 억지로 입을 열었다.

“당신의 공격을 막은 삼황과 삼선의 후예들은 몇이나 되오?”

“글쎄. 결과를 확인한 적이 한 번도 없어서 모르겠군. 어차피 살아 있으면 다시 보겠지. 목표도 생기고 좋지 않나?”

놀린다고 생각했는지, 세 사람의 표정이 결연해졌다.

모용린이 다시 ‘툭’ 하고 한마디 더했다.

“당신들이라면 어떻게 하겠는가? 쫓지도 않는 나를 피해 지하로 숨을 텐가, 아니면 세상에 모습을 드러내 인재를 찾아 언제고 복수를 다짐할 텐가?”

“……!”

북궁악은 태어나 처음으로 입 안이 바싹 마를 정도로 긴장됐다.

‘운혜를 한 번쯤 보고 올 걸 그랬나…….’

딸이 눈에 밟혔다.

*　　　*　　　*

해가 기울며 손 벌린 나뭇가지 사이로 붉은 구름이 지나갔으나, 풍호와 단정에게 시선을 멈춘 사람들의 눈에는 보이지 않는 것 같았다.

누창현은 두근거리는 가슴을 자신도 모르게 어루만졌다.

‘단 대협에 대해서 들은 기억이 있다. 마벌주도 한 수 양보하는 고

수가 둘 있는데, 그중 한 명이라고……'

본격적인 대결은 시작도 안 됐건만, 누창현은 가슴에 이어 어깨와 팔을 주물렀다.

긴장감에 의해 몸이 굳는 것 같았기 때문이다.

그럼에도 시선은 두 사람을 향하고 있었다.

한 수에 필승의 의지를 담으려는 두 사람의 의지가 절로 눈을 떼지 못하게 하는 것이다.

풍호의 여유있던 자세가 서서히 정교해졌다.

단정의 몸에서 뿜어져 나오는 기세를 인정했다는 뜻이다.

삼극무황의 무공을 익혔다고 모두 단정처럼 될 순 없기 때문이다.

"내 앞에서 단단한 자세를 취하고 있는 것만으로도 힘들 텐데… 껄껄껄, 너는 그것만으로도 칭찬받아 마땅하다."

단정은 이를 악물고 대답했다.

"당신, 역시."

"껄껄껄. 광오한 놈이로구나."

풍호의 입가에 미미한 미소가 걸렸다.

단정의 패기와 기백은 어느 하나 모자람이 없어 보였다.

'젊을 때 나는 왜 묵주를 찾아야 하는지 몰랐다, 대공이란 자가 나타나면 죽여 버리면 그만이었으니까. 저 모습이 내 모습이구나, 당장 나를 죽이고 주군께 덤벼들 것 같은. 무서운 것이 없을 나이지……'

과거를 회상하며 추억에 잠기기에는 그동안 너무 많은 것을 잃었다.

가족을 잃었고, 무엇보다 사랑하는 손녀를 잃었다.

풍은진이 아직 살아 있을지도 모른다는 희망 하나로 나오지 않았던 가.

아직은 감상에 빠질 때가 아니었다.

단정은 믿을 수가 없었다.

틈을 노리나?

일단 방어부터 한 후에 실력을 가늠하기로 할까?

수많은 생각이 머릿속에 쌓여갔다.

공격을 하려다 멈추고 다시 방어로 돌아섰다.

슥―

풍호가 슬쩍 상체를 뒤로 움직였다. 그러자 기의 흐름이 바뀌었다. 발목까지 오는 물길에서는 자유롭게 움직일 수 있어도, 가슴께까지 올라온 물길에서는 자유롭기 힘들다.

풍호의 움직임이 그랬다.

가만히 있을 때는 몰랐는데 막상 움직임이 일어나자, 숨이 막히는 깊은 물살이 된 것이다.

'부하란 자가 이 정도 고수일 줄이야……. 악성이란 자는 과연 이 노인을 실력으로 꺾었을까?'

두 사람 사이는 극도로 경직된 공간이 됐다.

그곳으로 바람이 들어왔다.

휘류룻―

바람은 두 사람이 내뿜는 기의 경계 부근에서 이내 회오리를 일으키며 하늘로 솟구쳤다.

양쪽이 팽팽하게 기운을 내보내고 있음을 뜻했다.

'……!'

지켜보던 북궁운혜의 안색이 굳어졌다.

단정의 손이 움찔거린 것을 봤기 때문이다.

"아직……."

움직일 때가 아니라고 말해주려 했으나, 이미 늦었다.

단정은 더 이상 풍호의 기운을 견디지 못하고 청살권경을 일으키고 말았다.

풍호는 이채를 발하며 중얼거렸다.

"아쉽구나. 하나, 그 정도 버틴 것만으로도 너는 자부심을 가져도 좋을 것이다."

얇은 빛이었던 청살권경이 풍호와 가까워지면서 푸른 주먹들로 변했다.

큐웅―

두 사람의 거리는 삼 장.

청살권은 순식간에 다가왔다.

풍호 정도 되는 고수라면 주위 공간을 자신의 편으로 만드는 것쯤은 어렵지 않았다.

그는 바람이 갇힐 것을 알고 단정과 비슷한 힘을 내었다.

무의식적으로 틈을 보이는 경우는 상대방과 실력이 엇비슷할 때의 얘기이다. 그 차가 클 때는 고수가 보여주는 틈은, 틈이 아니라 유인인 것이다.

단정의 공격은 풍호의 호신강기에 막혀 폭음만 요란하게 장내를 울렸다.

쿠콰콰콰콰―!

"……!"

단정은 부딪치는 순간 직감적으로 알았다.

졌다!

준비하고 있는 사람한테 넙죽 갖다 바친 꼴이었다.

그러나 이대로 끝낼 수는 없었다.

"아직 끝나지 않았소!"

경어… 풍호를 존중한다는 의미였다.

예의를 중요시 여기는 풍호로선 반가운 현상이 아닐 수 없었다.

이어진 단정의 공격이 조금만 약했어도 풍호는 반야무극수에 천간을 싣지 않았을 것이다. 내공도 구성 가까이 끌어올린 상태로 양손을 뻗었다.

쾅—!

직접 손과 손이 맞닿지도 않았는데도 폭음이 터졌다.

갑자기 풍호의 손에서 변화가 일어났다.

손가락들이 꺾였다가 펴지며 손목이 구부러졌다가 주먹을 쥐기도 했다.

단정의 거대한 철퇴와 같은 청살권 덩어리가 연속해서 손을 때렸다.

쿠콰콰콰콰콰—!

이전과는 비교도 할 수 없는 소리와 함께 두 사람 사이에서 피어난 먼지구름이 주위로 주왁 퍼져 나갔다.

쿠쿠쿠쿠쿠—

단정은 허공에서 멈춘 상태로 등에 식은땀이 흐르는 것을 느꼈다.

'통하지… 않는다. 이럴 수가……'

풍호는 멍한 눈의 단정을 보며 어깨를 튕겼다.

퍽—!

"컥!"

단정은 둔중한 충격과 함께 서너 걸음 날아가 물러섰다.

방어는 치밀하게, 공격은 간단하게.

가장 단순한 손짓 하나에 날아간 것이다.

졌다는 것을 믿지 못하는 단정의 귀에 풍호의 목소리가 들려왔다.

"그만 하자꾸나."

"……."

"더 해봐야 안 된다는 걸 알잖느냐."

"아직… 보여주지 않은 한 수가 남았소."

"그걸 노부가 막아내면 자살이라도 할 기세구나. 껄껄껄. 충분하다."

"아니오!"

"놈! 한갓 영웅심 때문에 다음을 기약할 수 있는 기회를 잃겠다는 게냐!"

'다, 다음……?'

북궁운혜는 불현듯 탄성을 질렀다.

"아!"

풍호의 무공이 왜 그렇게 강한지를 그제야 안 것이다.

웅웅웅―

소맷자락 속에서 우는 칠현금쇄.

삼황과 삼선의 무공에만 반응하도록 되어 있지 않은가.

재빨리 악성을 돌아봤다.

"맞나요?"

악성은 잠시 곤란한 표정을 지었으나, 망설임없이 대답해 주었다.

“맞소.”

‘맞다고? 그렇다면 저 노인이 삼황과 삼선의 후예 중 한 사람… 아니지, 지금 무림에 나와 있는 그들이 몇인데…….’

북궁운혜는 정말이냐는, 다시 한 번 생각해 보라는 눈으로 악성을 바라봤다.

악성은 살짝 상체를 뒤로 젖히며 화제를 돌렸다.

“풍노도 더 이상은 봐주며 상대할 수 없는 모양이오.”

“조금 전…….”

“단 대협을 막아야 하지 않소?”

“예? 아!”

그녀는 안타까운 시선으로 단정을 보았다.

단정은 비 오듯 땀을 흘리면서도 이를 악문 채로 풍호를 노려보고 있었다.

창백한 표정으로 보아 풍호가 내보내는 기운을 감당하지 못하고 억지로 저항하고 있는 것 같았다.

‘저 상태로는 어떠한 초식도 펼칠 수 없어.’

단정은 후들거리는 다리를 고정시키는 한편 마지막 일권을 위해 전력을 끌어모았다. 과연 제대로 된 위력이 나올지는 미지수지만, 이대로 끝내서는 말이 되질 않았다.

“으아아아!”

힘껏 소리치며 모아놓은 힘을 주먹에 실으려는 순간.

빡—!

“컥! 어, 언제…….”

화끈거리는 통증이 뒷목을 얼얼하게 만들었다.

"네놈이 포기할 놈이냐. 아까운 놈이니 목숨은 거두지 않으마."

턱.

풍호도 힘이 들었는지, 땀을 훔치며 멀찌감치 떨어져 있는 누창현을 불렀다.

"누창현, 이리 와!"

멍하니 서 있던 누창현은 정말 젖 먹던 힘까지 짜내서 달려왔다.

대결이 끝난 후에도 철혈신검과 철혈파파, 그리고 누창현 일행은 입을 다물지 못했다.

*　　　*　　　*

휘이잉—

연한 갈색의 모래들 위로 바람이 지나간다.

빛과 그림자, 높이를 알려주는 몇 개의 선들이 전부인 곳.

가끔씩 녹색 풀들이 보이기는 하지만, 바람이라도 불면 사라지기 일쑤인 대평원이 이곳이다.

오랜만에 구름이 한 자리에 계속 있었다.

풀 위에 내려앉았던 물방울이 바닥으로 떨어졌다.

투둑—

이내 물기는 땅으로 스며들었고, 가벼워진 몸을 일으키듯이 풀들이 고개를 하늘로 치켜들었다. 그러나 그것도 잠깐. 이어진 바람에 의해 또다시 고개를 숙였다.

사사삭—

머리칼이 한 여인의 뺨을 스치며 흩날리자, 검은 머리칼과 대조적으로 하얀 얼굴이 드러났다.

여인의 앞에는 다섯 명의 남녀가 망연자실한 눈으로 쓰러져 있었다.

승자와 패자가 분명하건만, 여인의 표정은 전혀 밝지 않았다.

오히려 자조 어린 웃음까지 지으며 공허한 표정을 짓고 있었다.

'오 년 전에는 꿈도 꿀 수 없던 힘이지만, 그를 죽이기에는 어림도 없다. 그토록 복수를 다짐했건만……'

소녀 같기만 하던 이전의 풍은진은 벌써 사라진 후였다.

어느새 여인의 향기가 전신에서 흘러나오고 있었다.

휘이잉—

그녀의 옷자락 펄럭이는 소리가 대평원을 가로지르는 바람과 함께 흔들렸다.

모용린을 죽이기 위해 수백, 아니, 수천 번을 도전했지만, 단 한 번도 그의 다섯 걸음 안쪽으로 들어가지 못했다.

천산에서 내려온 뒤 모용린이 가장 먼저 한 일은 일 년 동안 천하를 샅샅이 뒤지고 다닌 것이다.

산에서, 강에서, 계곡은 물론 바다까지.

세세하면서도 집요하게 움직였다.

덕분에 그녀는 독지에 빠져 죽을 뻔했고, 사막의 더위에 버려졌으며, 앙상한 몸이 되어 바다의 풍랑에 내던져지기까지 했다.

그렇게 일 년이 지나자, 그녀는 어느새 그의 뒤를 쫓아갈 수 있게 됐다.

놀라운 발전이 아닐 수 없었다.

처음으로 그가 멈춘 곳은 바다를 가로질러 도착한 해남도였다.

섬에서 가장 높은 곳으로 가자며 여모봉에 올랐고, 며칠이 지나지 않아 한 노인이 그를 찾아왔다.

천원건곤선(天元乾坤仙)의 후예였다.

그가 싸우는 모습을 지켜보려 했으나, 두 사람이 내뿜는 예기만으로 어느새 그녀는 산 아래까지 밀려나고 말았다.

두 사람의 무위는 경이 그 자체였다.

과연 저런 엄청난 자를 죽일 수 있을까?

가족들의 복수를 할 수 없을지도 모른다는 막연한 불안감에 떠올렸던 생각이었다. 그러나 복수를 포기하진 않았다.

천원건곤선의 후예, 해천월(海天越)은 여모봉과 함께 묻혔다.

해남도 제왕의 최후에 걸 맞는 장렬한 죽음이었다.

그녀는 그곳을 무사히 떠나올 수 있을지 걱정했으나, 해남도의 식구들은 아무도 덤비지 않았다.

해천월이 여모봉으로 올라오기 전에 유지를 남긴 모양이다.

배를 타고 섬을 빠져나오며 풍은진은 억울한 눈으로 물었다.

왜 그녀의 가족은 모두 죽이고 저들은 살려주느냐!

그는 조금의 망설임도 없이 '저들을 모두 죽이게 되면 그 책임은 네게 있다' 는 눈빛으로 쳐다봤다.

그 순간, 풍은진은 자신의 대답 여하에 따라 정말로 그렇게 될지도 모른다는 두려움이 일었다. 따지고 싶은 생각이 목구멍까지 차 올랐지만, 그런 것들 따위… 상관없다며 스스로를 이해시켰다.

그 때문에 그를 반드시 죽여야 할 이유가 한 가지 더 늘었다.

육지로 내려선 그의 걸음은 더욱 빨라졌다.

두 번째로 그가 멈춘 곳은 운남성(雲南省)이었다.

그곳은 회족(回族), 백족(白族), 묘족(苗族), 합니족(合尼族) 등, 수많은 부족들이 살고 있는 곳으로 위험이 그 지역 전체를 둘러싸고 있었다.

그곳에서 처음으로 코끼리라는 동물과 그 외에 수많은 야생동물들을 보았다.

거대한 등치에 사람을 태우고 지축을 울리는 동물들.

사납고 거친 그들을 다루며 엄청난 속도로 숲을 이동하는 야만족들.

그는 또 누군가를 만나러 왔으리라.

그러나 그녀는 이번에도 싸움을 지켜보지 못했다.

검은 피부에 이마 한가운데 큰 점이 있는 노인이 거대한 궁을 들고 나서는 것까지만 볼 수 있었다.

물어본다고 말해줄 그가 아니잖은가.

역시나 죽은 사람은 검은 피부의 노인 한 사람이었다.

이 년 동안 그들 두 사람을 죽인 그는 이곳으로 왔다.

그리고… 다시 삼 년이 지났다.

인정하고 싶지 않지만, 그가 자는 모습을 한 번도 보지 못했다.

얼마 전에야 깨달았다, 어쩌면 모용린은 항상 이곳에 있지 않았을지도 모른다는.

비칠거리며 일어선 한 인영이 풍은진의 상념을 깼다.

"대… 단한 무공… 크윽……."

갈의사신(褐衣死神) 구양비, 혈마도(血魔刀) 지록, 일지선(一指扇) 양남현, 마희(魔姬) 령요, 파면비차(芭面飛叉) 명무상.

이들 다섯이 한 사람, 그것도 겨우 스물이 갓 넘은 어린 여인에게 진 것이다.

각혈을 하는 자는 한쪽 발이 허벅지에서부터 잘렸고, 깡마른 체구를 도신(刀身)에 의지하고 서 있는 자는 한쪽 팔을 잘렸으며, 잘생긴 얼굴의 사내는 코와 이가 모두 부러졌다.

이들 중 유일한 여인인 령요는 치부를 모두 드러낸 채 실혼인처럼 벌거벗은 몸으로 넋을 놓고 있었다. 그나마 말을 할 수 있는 사람은 부상 정도가 가장 적은 명무상이었다.

"크크큭. 신법, 도법, 지법, 환술에 이어, 나의 비차도 깨졌다. 망할! 끄음… 겨우 이십 년 정도밖에 살지 않은 어린 계집의 손짓 한 번에 이 꼴이 되다니. 크큭큭… 인정하마. 우리는 네게 완벽하게 패했다!"

가만히 듣기만 하던 풍은진의 얼굴에 차가운 미소가 얹혔다.

졌다는 말… 참으로 무책임한 말이 아닐 수 없었다.

죽는 것보다 못한 것이 졌다고 인정하는 것이다.

풍은진은 차가운 얼음을 씹듯이 입술을 깨물었다.

'그를 죽일 때까지 나는 져도 진 게 아니야!'

당연히 매몰찬 음성이 흘러나왔다.

"풋. 그렇게 말하면 위안이 되는가 보지?"

"……."

"불쌍하군."

"부, 불쌍……."

명무상의 광대뼈 부근이 부들부들 떨렸다. 그러나 자신의 모습을 보고는 자괴감에 고개를 젓고 말았다.

"큭. 그래, 너라면 그 말을 할 자격이 있지. 크크큭."

"자격?"

"반야무극선의 무공이라면… 오만할 자격은 충분하다는 말이다. 크크큭."

‘할아버지의 무공이 그토록 대단한가? 그의 근처에도 접근하지 못하는 무공이…….’

문득 어딘가에서 모용린이 비웃고 있을 거란 생각이 들었다.

‘지켜보며 웃고 있겠지.’

사실 그녀가 손속에 사정을 둘 만큼 이들은 녹록지 않았다.

그러나 목숨까지 뺏어야 할 이유도 없었다.

“가라, 목숨을 잃지 않은 것만으로도 다행인 줄 여기고.”

“…….”

명무상은 돌아서는 풍은진의 뒷모습을 물끄러미 쳐다봤다.

투명한 피부에 냉기 흐르는 눈, 그것도 모자라 뒷모습조차 아름다웠다.

“크크큭. 다행? 다행으로 여기라고?”

그는 이성을 상실한 사람처럼 허허롭게 웃었다.

삶에 대한 애착이 사라진 사람 같았다.

풍은진은 다시 되돌아설 수밖에 없었다.

“당신들, 내 말 명심해! 겨우 몸 한쪽 잃은 걸로 징징대지마. 움직일 수 있는 건, 움직이지 못하는 것보다 훨씬 나으니까. 아무것도 잃을 게 없는 사람도 있어.”

“……!”

참혹한 그들의 분위기와는 전혀 어울리지 않는 이질적인 싸늘함. 그러나 명무상은 그 싸늘함이 오히려 맑게 느껴졌다.

그녀의 말이 한 자씩 나올 때마다 다섯 명은 움찔거렸다.

상처를 지혈시키고, 벗은 몸을 가리기 위해 옷을 주웠다.

“…….”

다섯 명은 서로를 쳐다봤다.

부끄러움?

말도 안 되는 소리였다.

그러나 모두들 서로의 얼굴을 바라보며 아무 말도 하지 못했다.

그때, 명무상이 갑자기 파안대소를 터뜨렸다.

"큭… 크하하핫! 좋다, 가마. 하지만! 우린 다시 온다. 이제부터 우리는 너를 꺾을 수 있는 고수를 찾아서 천하를 떠돌 것이다. 큭. 이래서 다시 살아야 하는 이유가 생겼나? 다들 어때, 한 번 찾아보지 않겠나?"

다른 네 명의 눈이 반짝였다.

말은 하지 않았으나, 자리에서 분분히 일어서며 방금 전의 패색 짙은 눈들을 털어버리듯 움직였다.

희망이 생겼으니, 당연히 달라질밖에.

풍은진은 등 뒤에서 어떤 변화가 일어나고 있는지를 느끼면서 묵묵히 바람 저편으로 사라졌다.

과연…….

저들이 누군가를 데려온다 해도 자신을 어찌진 못하리라, 그녀의 실력이 아무리 늘었다고 해도 모용린을 죽이지 못하는 것처럼.

'그를 죽일 수 있는 사람이 과연 존재하기나 할까?

흠칫!

자신의 생각에 소스라치게 놀랐다.

어이없게도 이미 누군가가 모용린을 꺾는다는 걸 상상조차 할 수 없게 되어버린 스스로를 발견한 탓이다.

'이번에는 누굴 만나러 갔기에 이렇게 늦지?

＊　　　　＊　　　　＊

모용린이 다녀간 기련산 단결봉의 시린 하늘을 가리며 한 떼의 구름이 몰려왔다.

톡톡—

떨어지는 물방울이 바람에 의해 이지러지는 걸로 봐서 곧 큰비라도 내릴 것 같았다.

구름이 지붕처럼 머문 단결봉의 외진 구석.

색 바랜 백의를 입었음에도 준수함이 감춰지지 않는 한 사내가 모습을 드러냈다.

두어 걸음을 옮기던 사내의 표정이 일그러졌다.

구름에 가려진 빛조차 버거운 모양이다.

하늘을 올려다보고는 가볍게 웃고는 주위를 찬찬히 둘러보았다.

“……”

그의 시선이 누군가가 인공적으로 갖다놓은 바위에 멎었다.

뭔가 이상했다.

원래 이곳 지형이 이랬던가?

아니었다. 분명히 삼극무황동으로 들어갈 때와 달랐다. 바위가 있는 곳이 절벽 끝이다. 그러나 바위는 분명히 없었다. 또한…….

사내는 급히 한 발을 내디뎠다.

푹—

평지를 밟을 때와 똑같은 힘을 주었음에도 땅은 발목까지 너무도 쉽게 들어갔다.

스스슷—

사내의 주위로 흙들이 솟아올랐다. 아니, 정확히는 눈과 색깔만 파룻한 풀들이 허공으로 떠올랐다.

“……!”

기광이 번쩍거렸다.

허공으로 들려진 땅은 한 가지 사실을 말해주고 있었다.

이곳에서 싸움이 있었다는 것. 그가 동굴 안에서 그 싸움을 전혀 인지하지 못할 정도의 싸움이란 것. 그리고 싸움에서 진 자는 시체도 온전히 회수하지 못했다는 것.

쿠쿵—!

발을 구르자, 그의 생각을 입증하기라도 할 것처럼 반경 이십여 장은 족히 됨직한 거대한 두 개의 구덩이가 모습을 드러냈다.

날리는 먼지를 치우기 위해 입김을 ‘훅’ 하고 불었다.

싸움이 얼마나 치열했는지, 봉우리의 형상이 완전히 뒤바뀌었다.

톡—

미약하기 이를 데 없는 물 한 방울이 바위에 닿았다.

파스슷—

“……!”

화산재처럼 구멍이 숭숭 뚫린 바위가 모습을 드러냈고, 급기야는 가루가 되어 바람에 흩어졌다.

적룡의 불길과 백룡의 날카로움과 청룡의 음유함이 모두 느껴졌다.

“도, 도대체 이곳에서 무슨 일이 벌어진 거지?”

후아앗—!

삼색 빛 무리가 그의 전신에서 빠져나와 먼지를 일시에 날려 버렸다.

솨아아아—

주위에 만들어진 두 개의 거대한 구덩이는 충돌로 인해 만들어진 것이 아니었다.

누군가가 기를 뿜어낸 반경이었다.

'믿을 수가 없구나. 이 정도의 내공을 가진 사람이 존재한단 말인가?'

바위가 있는 절벽 쪽의 반경이 그가 서 있는 곳의 반경보다 넓었다. 적룡, 백룡, 청룡을 하나로 만든 그였으나, 넓은 쪽의 반경을 만들 자신은 없었다.

웅웅웅─

무엇보다 무공의 완성을 축하해 줄 백리풍 등 세 사람이 보이지 않았다.

머리칼이 산발하며 거꾸로 치솟았고, 서서히 그의 주위에 있는 구덩이가 깊어졌다. 이윽고 용암이라도 지나간 것처럼 기묘한 공간이 그의 앞에 형성됐다.

그러나 끝없이 넓어질 것 같던 기의 팽창이 일순간 사라졌다.

넓은 반경과 거의 맞먹는 확장을 이룬 것이다.

"후읍… 이런 황당한……."

응당 기뻐해야 할 그의 눈이었으나, '파르르' 떨렸다.

전력을 다해서 만든 그의 반경과 넓은 쪽의 반경은 비슷했다.

그러나 먼저 만든 자는 전력을 다하지 않았으리라.

앞으로 삼극무제(三極武帝)라 불릴 백리천의 첫 포효가 기련산을 쩌렁거리며 울려댔다.

"으아아아아……!"

*   *   *

어김없이 안개가 새벽과 함께 밀려왔다.

탑탑마군이 안으로 들어간 지 며칠이 지났다.

담사우는 푸석한 얼굴에 닿는 이슬을 털어내듯이 고개를 흔들며 전방을 계속해서 주시했다.

'왜 움직이지 않을까?'

너무 조용해서 오히려 불안한 이 느낌은 뭔가.

호랑이 없는 곳에서 여우가 왕 노릇 한다고, 그가 알고 있는 진의맹이라면 탑탑마군의 생사 여부와 무관하게 벌써 마벌을 공격하기 위해 움직였어야 정상이다.

탑탑마군의 단독 행동은 그 명분을 제공하기에 충분했다. 그것이 악성의 소식을 접하면서도 몸을 빼지 못하는 이유였다.

'주군, 죄송합니다.'

입 안이 타 들어갔다.

진의맹 지하 대전.

위쪽에서 봤을 때 높이 치솟아 있던 네 개의 탑이 지하까지 이어져 있었다.

"끄아아아……!"

분노에 가득 찬 길고 거친 비명이 지하를 울리자, 마치 신호라도 되는 것처럼 사방에서 뒤를 이었다.

"크카카카……!"

"키키키키……!"

비명들이 모여서 하나의 문을 두드렸다.

들썩들썩.

문이 흔들리는 강도가 강해질수록 신이 난 한 여인이 있었다.

"호호호. 마음껏 분노해라. 곧 얼마든지 분출할 수 있는 곳으로 보내줄 테니."

아리대부인은 문을 바라보며 웃다가 시선을 아래로 내렸다.

그녀의 눈에 여덟 명의 사람이 들어왔다.

흑색장포로 전신을 가린 일곱 명과 마엽이었다.

칠 인은 하나같이 범상치 않은 기도를 풍기고 있음에도 마엽이 살짝살짝 움직일 때마다 움찔거리는 것으로 봐서 겁을 먹고 있다는 걸 알 수 있었다.

'마마천황의 후예라는 말이 실감나는구나. 단목천승과 겨뤄도 전혀 뒤지지 않는 칠왕이 제대로 기조차 못 피다니.'

마엽을 끌어들인 것은 날개를 달았다는 따위의 표현으로는 터무니없이 부족했다.

"마 대협, 이곳을 둘러본 소감이 어떠십니까?"

"좋소. 특히 저 비명… 흑강시라고 했소? 아주 대단한 물건들이 될 것 같더군."

아리대부인이 반색을 하며 다시 물었다.

"귀룡과 비교하면 어떨까요?"

마엽의 표정이 기괴하게 변했다.

"대부인의 강시제조법으로는 비슷할 것이오. 하나 내가 약간의 도움을 준다면 더 강해질 수 있소."

번뜩!

앉아서 듣기만 하던 칠왕의 눈빛들이 일제히 빛을 발했다.

마엽이 감히 그들의 주인인 아리대부인에게 평대를 했기 때문이다.

아리대부인은 칠왕의 몸에서 갑자기 격한 기운이 뿜어져 나오자, 손을 저었다.

"칠왕은 흥분할 필요 없어요. 저분의 신분이라면 지금도 충분히 예의를 지키는 중이시니까."

"……!"

칠왕의 이해를 돕기 위해 그녀의 한마디가 이어졌다.

"마마천황의 후예십니다."

칠왕은 모두들 신음을 뱉었다.

"아!"

"마마천황!"

그제야 그들은 마엽과 함께 앉아 있는 것이 왜 그리 힘들었는지 알게 됐다.

이번에는 마엽이 질문을 꺼냈다.

"자, 이젠 왜 나를 이곳으로 불렀는지 말해주겠소? 겨우 강시 만드는 걸 구경하라고 부르지는 않았을 테고."

"호호호. 저도 이곳까지 마 대협을 초대하기는 쉽지 않았습니다. 먼저, 어느 날 갑자기 나타나서 무작정 도와주겠다는 이유를 알고 싶네요."

"운매 때문이라고 했잖소."

"그 말을 믿으라는 건가요?"

"후후후. 그럼 어떤 걸 보여줘야 하는지 알려주겠소?"

'호호호. 내 속을 꿰뚫어 보고 있어.'

언뜻 보기에는 말하기가 쉬워진 것처럼 보이지만, 그녀가 어떤 선택을 하느냐에 따라 마엽은 달라질 것이다.

"먼저 한 계집을 데려왔으면 해요."

"계집?"

아리대부인은 시선을 복도로 향했다.

"울부짖는 저들의 주인이라면 대답이 됐나요?"

마엽은 삼마군들을 가리킨다는 걸 알고서 고개를 끄덕였다.

"흥미롭군."

"데려올 수 있나요?"

"계집은 어디 있소?"

"사천성."

아리대부인은 마엽이 떠났다는 보고를 받자마자 문밖으로 나왔다. 그녀 앞에는 양쪽으로 늘어선 방들이 십여 개나 됐다.

칠왕 중 일왕이 많이 참았다는 듯이 물었다.

"맹주에 대해 드릴 말씀이 있습니다."

놀랄 줄 알았던 아리대부인은 발걸음도 멈추지 않고 오히려 되물었다.

"모대건이 단목천승을 찾는 걸 말하나요?"

"아, 알고 계셨습니까! 하나 걱정은 하지 마십시오. 아직 일곱이나 남았습니다. 그들이라면……."

"그래서 골치예요."

"예?"

아리대부인이 급히 고개를 저었다.

"아니… 진의십이천 중 다섯 명과 그들이 데리고 있는 강시 다섯을 상대할 자가 있을까요? 일왕은 그들 중 몇을 상대할 수 있겠어요?"

"저는 셋이라면……."

"칠왕이 전부 수고해야 할 고수란 말씀이군요. 마엽을 그쪽으로 움직였으면 좋았을 것을. 하지만 어쩔 수 없죠, 마벌주란 계집의 일도 중 하니까. 일왕께선 진의십이천 중 살아남은 자들을 데리고 산서성으로 가세요. 간 김에⋯⋯."

"사망적혈단을 쓸어버리라는 말씀이십니까?"

"호호호. 역시 일왕은 제 속을 들여다보고 계시는군요. 바깥에서 우리를 지켜보는 쥐새끼들에게도 선물은 주어야 하니까요."

"알겠습니다."

마엽은 허공 높이 치솟은 상태에서 일직선으로 날아갔다.

아래쪽에 십여 명의 인영이 보였다.

아리대부인이 말하던 쥐새끼들이리라.

'제제라⋯⋯.'

그녀만 데리고 있으면 마벌이란 곳을 손바닥 위에 놓고 주무를 수 있다고 했다.

아리대부인의 앞에서는 꽤나 흥미로운 표정을 지었으나, 그에게는 너무 쉬운 일이었다.

그는 평생 한 사람의 등에 가려져 자신을 잃고 살아왔지만, 마마탄비검을 완벽하게 대성한 고수다.

무림에서 제아무리 날고 긴다 해도 그와 비교하는 것 자체가 실례인 것이다.

물론 한 사람은 아직도 제외되어야 한다.

대사형 뇌정우.

사량겁화공이 없는 마마천황의 무공을 완벽 그 이상으로 재창조해 낸 천재였다.

현월의 힘을 마마천황의 무공에 접목시켜, 영원히 접목되지 못할 것 같던 이질적인 힘의 불균형을 해결해 버렸다.

지금도 그의 머릿속에는 불가능을 가능케 하는 사람으로 기억되고 있었다.

패배란 말과는 영원히 동떨어져 있을 것 같은, 천재를 한 번이라도 이기기 위해 노력한 시간이 얼마인가. 그러나 그런 완벽한 천재도 지고 말았다.

'다시 과거의 대사형이 될 수 있을까?'

이내 고개를 저었다.

가능성이 단 일 푼이라도 있었다면 그가 뇌정우의 곁을 떠났을 리 없기 때문이다.

그가 아는 뇌정우란 인간은 자존심을 빼면 아무것도 아니었다.

패배의 기억에 묻혀서 영원히 빠져나오지 못하리라.

마마축융도의 극의는 이기어도를 넘어서 아직 한 번도 닿지 못한 어도술의 경지에 들 수 있는 무공이라 했다.

삼황과 삼선의 후예들 중 최강이 되어 고금제일의 인간이 되겠다고 한 것이 바로 어제 같거늘 뇌정우를 위해 복수를 한다?

말도 안 되는 소리였다.

그가 평생 넘지 못할 산이라고 판단한 뇌정우가 패했는데, 무슨 수로 복수를 한단 말인가?

뇌정우의 중얼거림이 아직도 귀에서 윙윙댔다.

대공은 인간이 아니라, 이미 신의 경지에 든 자라는 말.

그 말을 우연히 듣고 만 것이다.

"적당히 묻혀 있다가 때가 되면 움직인다. 여의무적도와 현월삼봉공도 무너진다면 이대로 세상에 묻힌다."

사문을 떠나기 전, 여의무적도가 어떻게 알았는지 폐인이 되다시피 한 뇌정우를 찾아왔다. 마엽은 숨어서 두 사람의 얘기를 들었다.
여의무적도는 죽은 여동생 보기 부끄럽지 않느냐며, 다시 한 번 대공을 찾아가자며 절규했다.
그러나 뇌정우는 반쯤 정신이 나간 상태로 대답하지 않았다.
'뇌정우와 현월여의선의 후예가 남매일 줄이야.'
당시만 해도 마엽은 뇌정우의 부활을 은근히 바랐다. 물론, 그의 기대로만 끝이 나긴 했지만.
뇌정우의 한마디로 모든 것을 포기하게 됐다.
동생의 복수는 자신도 잊을 테니, 여의무적도도 잊으라고 했다. 덧붙여 대공이란 자는 인간의 범주를 넘어섰다는 걸 강조까지 했다.
고개만 돌리면 피안이란 말이 있잖은가.
마엽은 덕분에 소꿉장난처럼 보이는 무림으로 눈을 돌렸다.
재미난 것들이 너무 많았다.
"큭큭큭."
지금은 이렇게 시간을 보내면 되는 것이다.
대평원.
뇌정우가 넘지 못한 미지의 땅.
언제고 한 번은… 한 번쯤은!

第三章
제제, 세상에 다시 나오다

"**풍**노, 몸은 어떠세요?"

"껄껄껄. 이래 봬도 몸 하나는 아직 쓸 만합니다."

악성은 뒤를 돌아봤다.

날이 밝아오고 있었다.

며칠 동안 먹고 자는 시간을 제외하고 꼬박 달려왔다.

산서성의 경계에 도착했으니 중앙에 위치한 태원까지는 능선을 타고 움직이면 며칠 걸리지 않으리라.

오는 내내 뭐가 그리 불만인지, 장비 수염을 손등으로 긁어대는 장패기가 기어코 한마디 툭 뱉었다.

"뜨뜻미지근해. 손을 썼으면 반쯤 죽여 놓든지 그게 뭐냔 말이지. 나 같았으면……."

"지금 노부한테 한 말이냐?"

풍호는 장패기가 왜 저러는지 알고 있었다.

단정을 혼내지 않은 것에 불만을 품은 것이다.

"쯧. 노부의 깊은 뜻을 네깟 놈이 어떻게 알겠느냐."

"헹. 그런 싸가지없는 놈을 내버려 두고선 잘도… 내가 나섰어야
돼. 그냥 확! 으이구."

"잉?"

풍호의 눈이 삐딱하게 변하는 것도 모르고 장패기는 계속해서 구시
렁댔다.

"그런 놈은 평생 피똥 싸다 죽게 만들어야 정신을 차린다고요."

"이봐, 낭인 떨거지, 좋게 말할 때 그만 해라."

"쳇, 그만 하긴 뭘 그만 해요! 주군 체면이 있지 말이야. 안 그렇습
니까, 주군?"

악성은 이쯤에서 그만두게 해야 했다. 안 그랬다가는 둘이서 또 한
판 붙네, 어쩌네 하면서 시간을 지체하게 되리라.

"장패기, 풍노는 정말 어려운 결정을 한 거야."

"예? 주군까지 왜 그러십니까."

"풍노가 아니면 그 정도에서 끝낼 사람은 아무도 없을 거야. 고생했
어요, 풍노."

"껄껄껄. 주군 말씀대로 데리고 놀 놈이 아니더군요. 마지막 공격
은… 권붕이 아닐까 싶습니다."

악성이 의아한 표정을 되물었다.

"권붕?"

"험, 그러니까… 검으로 치자면 이기어검이라고나 할까요?"

"아! 그 푸른빛의 강기가 성장한……."

“맞습니다. 검기가 모여 검사가 되고, 검사가 모여 검강을 이루듯이, 검강을 마음대로 다룰 줄 알면 그걸 하나로 묶을 수가 있게 됩니다. 그걸 권붕이라 한다고 읽은 기억이 납니다.”

이때, 혼자서 소외된 것 같던 장패기가 대화에 끼어들었다.

“그렇게 위험한 놈인데 왜 봐준 겁니까? 정말 마음에 안 드네.”

“껄껄껄. 역시 너답다.”

“에? 나답다니요?”

“생각없는 머리에서 나온 게 그렇지 뭐. 쯧. 놈의 싹을 완전히 잘라 내면 은하련주란 여아는 어쩌고?”

“내가 왜 생각이 없… 은하련주요? 그 여자를 왜 생각해요?”

“쯧. 너에게 내가 무슨 말을 하겠냐.”

풍호는 고개를 젓고 말았다.

악성이 쑥스럽게 웃으며 말했다.

“아셨군요.”

“그저 짐작만 했을 뿐이지요. 껄껄껄.”

두 사람만의 알 수 없는 대화에 장패기의 눈썹이 안으로 좁혀졌다. 알 수 없는 대화에 빠졌다는 생각에 기분 나쁜 것이 아니라, 은하련주를 왜 챙겨야 하는지에 대한 의문이었다.

악성이 그나마 말을 건네지 않았으면 크게 심통을 냈으리라.

“그곳을 빨리 벗어나게 된 건 모두 장패기 덕이야.”

번뜩!

오랜만의 칭찬에 입이 헤벌쭉해졌다.

“제, 제 덕이라니요?”

“담 전주의 서찰을 일찍 건네준 것 때문에 어색해진 자리를 빨리 벗어날 수 있게 됐잖아."

"아아… 그, 그렇… 죠. 하하하. 모두 제 덕인 거죠. 흠……."

풍호는 장패기의 모습에 너털웃음을 터뜨리고 말했다.

"껄껄껄. 그놈 참."

"왜 또 이놈 저놈인 데요!"

"아니다."

"풍 영감!"

"뭐라고! 이놈이 오냐오냐 해주니까."

풍호도 어느새 장패기와 말싸움하는 것에 재미를 붙인 모양이다. 악성은 두 사람이 싸우도록 혼자서 생각에 잠겼다.

'그러고 보니 백리천의 안부도 묻지 못하고 왔네.'

은하련을 떠난 지, 벌써 반나절은 지난 것 같았다.

새벽이 밝아오고 있었다.

두 사람의 말다툼은 계속되었다.

"풍노, 잠시 쉬어 가기로 하죠."

풍호는 뭐라고 쐐기를 박은 후, 곧바로 대답했다.

"알겠습니다, 주군."

장패기가 씩씩거리며 뭐라고 분통을 터뜨릴 때였다.

세 사람의 귀에 나뭇잎 스치는 소리가 들렸다.

바스락—

"……?"

악성과 풍호가 동시에 뒤로 돌아섰고, 먼저 돌아서 있던 장패기의 입에서 '어?' 하는 소리가 나왔다.

"주군, 웬 꼬마들인데요?"

번거로움을 피하려 일부러 험한 곳에서 멈춘 보람도 없이 아이들이라니?

모습을 드러낸 아이들의 얼굴은 지쳐서 몸도 가누지 못하는 상태였다. 열서너 살 정도의 남매로 보이는 아이들은 곧이라도 쓰러질 듯 위태로워 보였다.

고개를 숙인 채로 걷던 남자 아이가 갑자기 기겁을 하고 멈춰 섰다.

"교, 교연아……."

여자 아이는 아직 악성 등을 발견하지 못했다.

"더 가야돼, 오빠……."

"그, 그게 아니고 네 앞을 봐."

"뭐……."

고개를 든 여자 아이는 그제야 낯선 어른 셋을 발견하고 비명을 질렀다.

"꺅! 사, 살려주세요!"

여자 아이는 손이 발이 되도록 장패기를 향해 빌었다.

공교롭게도 장패기와 마주쳤기 때문이다.

장패기는 깜짝 놀라 손가락으로 자신을 가리켰다.

"누, 누구? 나?"

장패기의 과장된 행동에 남자 아이가 재빨리 여자 아이의 손을 잡아끌었다.

"교연아, 도망쳐!"

당연히 달릴 줄 알았던 남자 아이는 체중이 뒤로 쏠리자, 의아한 눈으로 여동생을 쳐다봤다.

"교연아!"

장패기가 나쁜 사람이라면 벌써 무슨 사단이 났을 것이다.

그러나 장패기는 여러 번 시선을 마주쳤음에도 별다른 행동을 하지 않았다.

"저……."

여자 아이의 망설임에 남자 아이는 눈이 화등잔만 해졌다.

"교, 교연아, 너 지금 뭐해!"

장패기는 여자 아이가 물끄러미 바라보자, 오히려 머쓱해져서 시선을 피하고 말았다.

"뭐, 뭐어……."

평소 사람들을 대할 때와는 완전히 딴판이었다.

장패기의 성난 호랑이 같던 목소리는 어디론가 사라져 버리고 다정한 목소리가 흘러나왔다.

여자 아이는 그 모습에 용기를 얻은 모양이다.

"아저씨들은 그… 사람들하고 한 패 아니죠?"

"그 사람들?"

장패기는 여자 아이의 갑작스런 질문에 무심코 누구하고 함께 있었나를 떠올리고 말았다.

그런 장패기의 모습에 풍호가 장난스럽게 웃으며 거들었다.

"꼬마들아, 이 아저씨는 좋은 사람이다. 나쁜 사람이 이렇게 생긴 사람 본 적 있냐? 장패기, 너 좋은 사람 맞지? 껄껄껄."

"……."

장패기의 눈에 대답을 기다리는 여자 아이의 천진난만한 얼굴이 보였다. 헛기침을 한 번 하고는 고개를 힘차게 끄덕였다.

"그럼! 이 아저씨는 못된 놈들을 보면 참지 못하는 아주 착한 아저씨

란다. 파하하하!"

장패기의 전혀 어른 같지 않은 어설픈 대답에 뒤쪽의 남자 아이가 의심스러운 눈으로 쳐다봤다.

"넌 오빠가 돼서 동생보다 뒤에 있는 게 창피하지 않냐!"

남자 아이는 곧장 목을 움츠리며 여자 아이의 팔을 끌어당겼다.

"교연아, 저 사람이 막 화낸다. 나쁜 사람이야. 도망가자."

"윽!"

남자 아이의 황당한 반응에 장패기는 일순 얼굴이 빨개지고 말았다.

"오빠, 나쁜 사람 아니야. 그 사람들처럼 눈이 이상하지 않아."

"아니야, 빨리 도망가자니까!"

"하지만……."

"가자니까!"

이때, 보다 못한 악성이 나섰다.

"애들아, 무슨 일이니? 말을 해야 도와줄 수 있지. 저 아저씨한테 설명을 해줘."

"도, 도와줄 거예요? 정말요?"

"그럼. 그렇지, 장패기?"

여자 아이는 조마조마한 시선으로 장패기를 쳐다봤다.

악성이 눈짓으로 허락하라는 신호를 보내자, 장패기의 고개가 끄덕여졌다. 그러자 여자 아이의 얼굴이 환해지며 남자 아이에게 잡혔던 손을 뿌리치고 장패기의 허리에 매달렸다.

"고마워요!"

'이, 이거 징조가 안 좋다. 내 인생에, 나를 좋아하는 아이라니… 말이 안 되잖아!'

생각은 그렇게 하면서도 장패기의 손이 여자 아이의 머리를 쓰다듬고 있었다.

한쪽에서 지켜보던 풍호는 그 모습을 보며 크게 웃었다.

"떠돌이 녀석이 어린애들에겐 쩔쩔매는구나. 껄껄껄. 자, 애들아, 이젠 무슨 일인지 이 할아비에게 말해봐라."

두 남매의 이름은 만교성, 만교연이라고 했다.

바로 어제 부모를 잃은 불쌍한 아이들이었다.

"오빠는 항상 친구가 없었어요. 그래서……."

"내가 언제!"

"사실이잖아."

"쳇!"

남자 아이는 삐쳐서 곧이라도 울 것처럼 굴었다.

풍호는 눈짓으로 만교연이 얘기를 계속하도록 도와주었다.

만교성은 성격이 편협하고 집요한 구석이 있어서 친구를 잘 사귀지 못하는 녀석이었다. 그런 오빠를 불쌍하게 여긴 만교연이 오빠의 친구를 구해주기 위해 발 벗고 나섰다.

인근에서 찾을 수 없자, 점점 범위를 넓히게 됐고, 우연히 아주 반가운 광경을 목격하게 됐다. 바로 만교성 또래의 아이들이 모여 있는 장소를 발견한 것이다.

멀리서 확인만 하고 집으로 돌아온 만교연은, 날이 밝기 무섭게 만교성의 손을 잡고 무작정 그곳으로 향했다.

그리고 그곳에서 벌어지는 일들을 보게 됐다.

생각만 해도 소름이 돋는지 만교연은 몸을 부르르 떨었다.

"흑… 애, 애들이… 갑자기 몸이 막 터지며 죽었어요."

악성의 목소리가 커졌다.

"터져? 몸이?"

만교연은 놀란 눈을 하고서 고개를 끄덕였다.

"혹시 그 나쁜 아저씨들이 붉은 옷을 입고 있었니?"

"예."

"몸도 빨개지고?"

"어, 어떻게 아저씨가 그걸 아세요?"

"……!"

그들이었다.

적무극과 탁휘룡.

악성의 표정이 굳어졌다.

풍호는 악성이 남매가 말하는 자들을 알고 있다는 걸 직감적으로 느꼈다.

도대체 어떤 과거를 지녔기에…….

숨기고 싶은 것이 있으니 말하지 않으리라.

"주군, 정말 세상에는 희한한 놈들이 많군요. 어린아이들을 터뜨려 죽이다니. 끌끌끌."

"죽이는 게 아닙니다."

"예?"

악성은 풍호에게 대답을 해주려고 하다 아이들을 의식하고 말을 돌렸다.

"얘들아, 그자들은 지금 어디 있니?"

"몰라요… 좋은 오빠가 우리를 도망치게 해줬어요."

"좋은 오빠? 한 사람이 너희들을 구해줬다는 말이니?"

"아빠, 엄마께 말씀드리려고 집으로 갔는데… 엉엉엉… 그 사람들이 죽였대요. 좋은 오빠가 그랬어요……."

"으아아앙……."

만교연이 울자, 만교성도 참지 못하고 따라서 울기 시작했다.

아마도 며칠째 숲 속을 따라 도망쳤던 모양이었다.

울 겨를도 없었는지 두 남매는 목 놓아 울었다.

악성은 풍호와 장패기를 데리고 잠시 자리를 피해주었다.

아이들은 잠이 들었다.

풍호는 아이들의 모습을 보며 혀를 찼다.

"쯧. 도대체 이 어린것들에게 무슨 일이 일어났는지 원. 지난 며칠 새에 무림에 미친개들을 풀어놓기라도 한 건가. 진의맹에 쫓기는 녀석을 구해주지 않나, 혈왕이란 놈에게 쫓기는 애들을 구해주지 않나. 그것 참."

안쓰럽게 아이들을 바라보던 그는 그제야 악성이 한 말이 떠오른 모양이다.

"주군, 아까 하신 말씀이 무슨 뜻입니까?"

"제가 뭐라고 했죠?"

"사람들을 죽인 것이 아니라고……."

"아!"

악성은 인상을 썼다.

"제가 한 말 그대로입니다. 사람을 죽이는 것이 아니라, 피를 흡수하는 것이니까요."

"피? 혹시 사량겁화공을 말씀하시는 겁니까?"

"풍노도 알고 있나요?"

"마마천황의 무공을 제가 모를 리 없죠. 가만, 그럼 다른 자들도 모습을 드러내려나? 쯧. 손녀 찾으러 나왔다가 천 년 전의 은원을 해결하게 된 것을 좋게 생각해야 할지… 끌끌끌."

"풍노는 어떻게 그들을 다 알고 계시죠?"

"껄껄껄. 삼선과 삼황은 예전부터 사이가 좋질 않았습니다. 서로의 무공에 대한 자신감이랄까… 그런 것이 있었지요. 오죽했으면 여섯 모두 흩어져서 지냈겠습니까. 다 서로의 무공을 견제하기 위한 방편이지요."

"삼선 중 둘은 누구죠?"

"현월여의선과 천원건곤선입니다."

"예에."

악성의 미간이 아직 펴지지 않았다.

삼황과 삼선에 대한 얘기를 더 듣고 싶은 눈치였다.

풍호는 웃으며 자신이 알고 있는 얘기를 들려주었다.

"선대부터 내려오던 내용 중에 이런 것이 있었습니다."

악성의 눈이 반짝였다.

"삼황은 심법이 뛰어나 외부의 기운을 빨아들이는 데 능하고, 삼선은 외부의 기운이 침범하는 걸 막는 데 탁월하다는 것입니다. 삼황은 아직도 그 버릇을 못 버린 모양입니다."

불쑥 장패기가 대화에 끼어들었다.

"하여간 그런 놈들이 꼭 있어요, 쳇."

"웅? 그런 놈들?"

풍호의 시선이 비딱해지며 장패기를 향했다.

“장패기, 어째 나 들으라고 하는 말 같다?”

“왜 또 시비요! 찔리는 게 있나? 암튼! 삼황이든, 삼선이든 걸리기만 하면 가만 놔두지 않을 겁니다. 지들이 세봐야 얼마나 세다고! 더구나 힘없는 어린애들을 왜 못 살게 굴어, 제길!”

‘거, 걸리기만? 끙⋯⋯.’

욱하는 성질이 터지려는 순간, 악성이 두 사람의 대화를 잘랐다.

“애들이 일어날 때까지 우리도 눈 좀 붙이기로 하죠.”

악성은 벌써 바위에 등을 기대고 있었다.

장패기가 상기된 얼굴의 풍호를 이상하다는 듯이 쳐다보고는 자리를 잡았다.

“내가 말을 말아야지.”

풍호가 제일 마지막으로 장패기와 마주한 채로 앉았다.

‘산서성⋯ 사망적혈단이 있는 곳이다. 아이들은 혈왕에 관해서 애기를 하고 있건만, 나는 왜 담사우가 걱정이 되는지⋯⋯.’

악성은 서찰에 적힌 담사우의 평범한 안부 인사가 자꾸만 신경 쓰였다.

*　　　*　　　*

와장창—!

단정이 집어던진 잡기들이 사방으로 날아가 벽에 처박혔다.

“이런 망할! 빌어먹을 늙은이! 으아아⋯⋯!”

고함을 지르며 이번엔 탁자와 가구들을 마구 부쉈다.

그래도 성이 차지 않는지, 마구 웃는다.

"와하하! 졌다. 이 형이! 청살권을 대성하고 삼황무극동까지 다녀온 이 형이 졌단 말이다! 단파!"

단정이 소리를 지르다 말고 갑자기 뒤를 돌아봤다.

뒤쪽에는 단파가 단정의 행동을 지켜보며 가만히 앉아 있었다.

단파는 부하들의 입을 통해 단정이 악성과 만난 것이며, 풍호와 싸우게 된 것까지 모두 들은 후였다.

뭐라고 하겠는가, 침묵만이 위로가 된다는 것을 실천할 뿐이었다.

그러나 단정은 동생의 침묵이 더욱 괴로운 듯, 또다시 소리를 지르기 시작했다.

"건방진 놈!"

악성을 떠올린 모양이다.

"부하 하나 잘 둔 것 외에는 할 줄 아는 게 없는 무능한 놈! 감히 북궁 소저 앞에서 나를 이렇게 비참하게 만들어? 으아아아아!"

'저 말……'

단파는 단정의 말을 어디서고 들은 기억이 났다.

'아, 정천에서!'

백리천이 외부에 나갔다 정천으로 돌아와 악성에 대해 백리풍한테 하던 말이었다.

여자만 잘 다루는 놈이라고 했던가?

단정보다는 덜 했지만, 같은 의미로 기억됐다.

단정은 씁쓸하게 웃는 단파에게 대뜸 눈을 부라렸다.

"너… 너 지금 이 형을 동정한 게냐?"

"말도 안 됩니다, 형님!"

"그래, 너도 알지? 그놈은 자기 실력으로 안 되니까, 부하를… 아니,

아니지. 그 늙은이는 분명 부하가 아닐 거다. 그런 엄청난 자가 부하일 리가 없어!"

"……."

단정은 실성한 사람처럼 안절부절못했다.

'형님, 련주님은 이제 곧 삼극무제(三極武帝)의 내자가 될 여인입니다.'

백리천이 삼극무황동에서 나오면 삼극무제란 이름을 사용하게 될 것이고, 단정은 물론 단파 역시 그를 주군으로 모시게 되어 있었다.

주모가 될 여자를 사랑하는 단정도 괴롭겠지만, 그걸 지켜봐야 하는 단파는 더하면 더했지, 결코 덜하지 않을 것이다.

시기는 안 좋지만, 더 듣고 있다가는 무슨 말이 나올지 몰랐다.

"형님, 무혼지주는 오 년 전에 삼극무제와 동수를 이뤘던 자입니다. 하니……."

"누가 삼극무제야! 아직 나오지도 않은 사람이다. 지금부터 주군으로 모시기는 싫다."

단정의 얼굴이 더욱 일그러졌다. 자신의 동생인 단파까지 악성의 편을 들 줄은 몰랐던 것이다.

"뭐냐, 지금… 내가 진 것이 당연하다는 뜻이냐?"

"아, 아닙니다. 제 말 뜻은 형님께서 실력을 모두 드러내지 않으셨듯이 그도 마찬가지란 뜻입니다."

"……."

단정은 말없이 단파를 쳐다봤다.

지금까지 그를 대하던 단파가 아니었다.

"무슨 일이냐."

"아무 일도 아닙니다."

단정이 흐트러진 옷을 가다듬고서 단파의 곁으로 다가왔다.

"이 형이 잠시 못난 꼴을 보였다. 무슨 일인지 말해도 된다."

"……."

단파는 선뜻 대답을 하지 못하다가 어쩔 수 없이 얘기를 꺼냈다.

"진의맹에 관한 소식이 들어왔습니다."

"진의맹?"

"탑탑마군이 진의맹에 잡혔다는 소식입니다."

단정은 어이없는 표정을 지었다.

"네가 이 형을 놀리는 게냐?"

"련주께서 직접 움직이실 일입니다."

"북궁 소저가?"

"……."

은하련주가 아닌 북궁 소저라고 말했다.

그토록 말을 했건만.

"그동안 련주께선 보이지 않게 마벌을 도우셨습니다."

"마벌을?"

얼떨떨한 표정으로 단파를 쳐다보자, 단파는 곧 자세히 설명해 주었다.

"현재 마벌의 주인은 여인입니다. 형님도 들어보신 적이 있으실 겁니다. 천마 제륭이라고. 그의 핏줄을 이은… 형님께서 보셨다는 무혼지주의 정혼자입니다."

"뭐? 정혼자……."

단정의 얼굴은 휴지 조각처럼 완전히 구겨졌다.

북궁운혜가 악성을 대하는 모습을 옆에서 모두 지켜본 그였다.

'정혼자가 있는 자를 사모한다고? 북궁 소저가?

믿을 수가 없었다. 아니, 믿고 싶지 않았다.

단정한테는 눈썹 한 번 까딱하지 않던 여인이, 여자까지 있는 남자한테 마음을 주었다는 걸 어떻게 믿으란 말인가.

마음이 급해졌다.

"파야, 백리천이 삼극무황동에서 나오기 전에 마지막 기회다."

"형님!"

"태어나 처음으로 반한 여인이다. 마음조차 표현하지 못하고 그만둘 수는 없잖느냐, 도와다오."

단파는 이를 악물었다.

지난 일 년 동안 늘 그래왔듯이 이번이 마지막이길 바랐다.

단정의 말로는 청살권 하나만 익혀도 충분하기에 삼극무황동을 나왔다고 하지만 단파는 알고 있었다, 단정의 자질이 백리천에 비해 모자라 먼저 나올 수밖에 없었음을.

지금까지 가문의 영광을 위해 살아왔기에, 오로지 단정만이 무적암 살부를 양지로 끌어올릴 수 있다고 믿기에, 그러기에 도저히 거절할 수 없는 것이다.

"알겠습니다."

*　　　　*　　　　*

붉은 경장을 입고서 하늘을 유유히 가로지르는 제제의 모습은 가히 절정에 다다른 미(美)가 어떤 모습인지를 보여주고 있었다.

흩날리는 머리칼을 살짝 쓸어 넘긴 후에도 표정은 여전히 담담했다. 뒤쪽으로 세 명의 노인이 따랐고, 다시 그 뒤를 암황사패가 따랐다.

제제는 내심으론 이미 맞닥뜨릴 불행을 예상하고 있으나, 그럼에도 불구하고 아니길 바랐다.

'불안해. 소소 할아버지가 제 곁을 떠난 지 얼마나 됐다고 또 떠나신 거예요! 제발… 제가 갈 때까지만 무사하세요. 제는 성랑께 보여주려고 노력했단 말이에요. 보여 드릴 기회도 안주고 떠나시면 어떡해요, 할아버지들!'

진의맹에서 그녀를 기다리고 있을지도 모른다는 신도장후의 염려 때문에 호북성에서 방향을 바꾸어, 인적이 드문 각 성의 경계를 따라 달리는 중이었다.

천마구로 전원의 내공이 그녀의 몸에 삼성씩 전해진 상태였다.

그들 중 여섯은 삼성이 아니라, 움직일 수 있는 최소한의 내공만 남기고 모두 전해준 사실은 동행하는 천마일, 이, 삼로만 알고 있었다.

이제 그녀를 상대할 인물은 전 무림을 통틀어도 몇 안 되리라.

악성의 곁에 당당히 서기 위해서 이를 악문 결과였다.

그러나 하나를 얻으면 하나를 잃어야 하는 것이 순리인가 보다.

그녀가 무공을 대성한 것과 동시에 삼마군이 떠나는 사태가 벌어진 것이다.

'성랑……'

이럴 때 악성이라도 곁에 있었다면 좋으련만.

심각한 표정으로 하늘을 올려다 본 제제는 양손에 힘을 주었다.

불끈!

뒤쪽에서 따라오던 남궁엽, 제제의 변화를 눈치 채고 재빨리 다가왔다.

"벌주님, 무슨 일입니까?"

줄곧 제제를 지켜본 모양이다.

고마웠다.

'가만. 내가 고맙다고 한 적이 있나?'

지난 오 년 동안 그녀의 곁에서 한시도 떠나지 않았던 암황사패.

그들에게 한 번도 고생했다는 말을 한 적이 없었다.

"아니, 잠시 할아버지들 생각이 나서……."

"예에……."

"남궁일패."

"예?"

"고생 많았다. 다른 암황사패에게도 전해줘."

"……!"

남궁엽은 순간적으로 멍한 시선이 됐다가 금방 대답으로 얼버무렸다.

"벼, 별말씀을……."

제제는 말까지 더듬는 남궁엽의 모습에 싱겁다는 듯이 웃었다.

남궁엽 때문이 아니라, 그를 통해서 악성이 떠올랐다는 것이 웃을 수 있는 여유를 준 탓이다.

남궁엽이 막 원래 자리로 되돌아가려는 순간.

'응?'

제제의 시선이 우측 아래로 향하는 것과 동시에 천마행공으로 날아가던 속도가 현저히 줄어들었다.

“벌주님······.”

“조용히.”

“······.”

남궁엽은 의아한 눈으로 다른 암황사패를 쳐다봤으나, 그들 역시 어리둥절하긴 마찬가지인 것 같았다.

천마삼로 중 천마일로가 그제야 나섰다.

“벌주님, 아이들을 시켜 다녀오라 이르면 어떻겠습니까? 백여 장 정도면 일 다경도 걸리지 않을 듯합니다.”

제제는 잠시 고민하다가 고개를 저었다.

“아니요. 제가 직접 가보는 것이 좋겠어요.”

“······.”

“보냈다가 또 쫓아오지 못하면 안 되니까요.”

“······!”

천마일로는 착잡한 표정을 지었으나, 말린다고 들을 제제가 아니기에 슬쩍 말을 흩뜨렸다.

“벌주께서 진의맹으로 가고 있다는 것이 알려지기라도 하면······.”

“저들이 진의맹에 속한 자들이라면 더 더욱 그냥 갈 수 없죠.”

“···알겠습니다.”

그도 더 이상은 고집을 피울 수가 없었다.

그때였다. 무슨 소리를 들었는지 제제의 눈이 커지며 무서운 속도로 날아갔다.

“벌주님!”

제제는 귀속에 맴도는 조금 전의 말을 확인해야 했다.

‘혈신체라고 했다. 그건 혈왕과 관련된 자가 아니면 알 수 없는 말

이다.'

천마삼로 등은 놓칠세라 그녀의 뒤를 바짝 따라왔다.

"허허. 벌주께선 예전의 주군에 비해 전혀 손색이 없으시다!"

"껄껄껄. 눈이 부십니다그려."

제제 등이 있던 곳에서 백이십여 장 떨어진 숲.

"묘충, 또 부려볼 잔재주는 없느냐?"

여인의 뾰족한 목소리가 끝나자 묵직한 중년인의 신음이 이어졌다.

"커헉! 악독한……."

피를 한 움큼이나 토하며 날아간 중년인은 간신히 일어났다.

일행으로 보이는 세 명의 여인이 재빨리 부축했다.

셋 중 유난히 단아해 보이는 한 여인이 이를 악물고 돌아섰다.

비웃음 가득한 얼굴의 홍의 궁장 여인은 이채를 발했다.

"네가 은소란(銀小蘭)이란 계집이냐?"

은소란이라 불린 여인이 천천히 고개를 끄덕였다.

"묘 호법님, 제가 막겠습니다."

"안 된다!"

중년인은 부축하고 있는 두 여인의 손을 뿌리치며 버럭 소리를 질렀다.

"너라도 그분을 찾아야 한다! 어서 가거라. 그것만이 해남도가 살 수 있는 유일한 길이다."

중년인의 표정은 비장하기 이를 데 없었다.

그 모습에 홍의 궁장 여인, 환요는 코웃음 쳤다.

"흥!"

중년인은 당당하게 소리쳤다.

"이 정도로 나, 묘충을 죽일 수 없다. 아무리 혈신체라 해도 죽을 각오는 해야 할 것이다."

제제는 한손을 들며 멈추었다.

'역시 혈신체가 맞았어. 저 살덩어리 계집이 혈신체로 변한단 말이지? 좀 더 지켜보기로 할까?'

환요는 뭐가 그리 우스운지 묘충을 보면서 깔깔거리며 웃었다.

"깔깔깔. 묘충, 아직 버틸 기력이 있나 보지? 가지고 있어 봐야 소용도 없는 물건이잖아. 내게 주면 살려주마. 응?"

슥―

묘충의 눈에서 불꽃이 일었다.

환요가 발을 옮길 때를 노리고 있던 차였다.

"죽어라!"

"흥! 안 된다니까."

쉬쉭―

언제 뽑아 들었는지, 그녀의 허리에 감겨 있던 채대가 뱀처럼 흔들리며 묘충의 검을 휘감았다.

두 사람이 서로의 무기를 잡고서 멈춘 틈을 타고 은소란이 재빨리 바닥의 돌을 찼다.

핏―

환요를 향해 날아오던 돌은 이내 공중에서 가루로 화했다.

호신강기를 뚫을 정도였다면 애당초 쫓기지도 않았으리라.

그러나 은소란은 기죽지 않고 소리쳤다.

"묘 호법님을 죽이려면 우리부터 상대해야 할 것이다!"

"깔깔깔. 겨우 너희 넷이서?"

환요는 웃으며 뒤쪽을 에워싸고 있는 부하들을 불렀다.

"얘들아, 저것들의 옷을 모두 찢어라. 묘충, 죽기 전에 눈요기라도 해두는 게 좋겠지? 깔깔깔."

여인들이 막 은소란 등에게 다가가려 할 때였다.

"취미도 희한한 계집이군. 네가 가장 가까운 것 같은데, 네 몸이나 보여주지 그래? 보고 싶은 마음도 안 들겠지만 말이야."

"누구냐!"

환요의 눈동자가 빠르게 좌우를 살폈다.

그러나 주위에는 아무도 없었다.

'그럼 뒤쪽?'

돌아서면서 소리부터 질렀다.

"엉뚱한 짓 할 생각 버려라! 혈왕의 행사를 방해하는……."

"시끄러! 이게 지금 누구한테 명령을 내리는 거야!"

"……!"

제제는 그녀와 불과 서너 걸음 정도 앞에 서 있었다.

환요의 놀람은 거기서 끝이 아니었다.

뿌연 잔영을 만들며 등장하는 셋에, 멀쩡하게 생긴 네 명의 젊은 고수. 그리고 옷 위에 새겨진 문양이 낯익었다.

'저 문양… 마벌!'

도도하다는 표현이 모자랄 정도로 냉랭한 얼굴에, 바라보는 시선과 마주치면 베일 것 같은 예기.

마벌주가 여인이란 정보가 틀리지 않은 것이다.

"다, 당신이 마벌주인가요?"

침착하게 질문하려는 생각과 달리 목소리가 갈라졌다.

제제는 대답없이 가만히 바라보기만 했다.

다시 환요의 입이 벌어졌다.

"당신이 마벌……."

"내가 대답하면 넌 죽어."

환요는 제제의 대답에 잠시 멍청해졌다가 이어지는 말에 눈을 부릅떴다.

"얼핏 들으니까 혈신체니 뭐니 떠든 것 같은데, 맞아?"

"……."

"징그럽게 생긴 놈들을 데리고 다니다, 이제는 여자들 면상까지 바꾸려는 모양이지? 한 번 변해봐. 혈신체로 변한 놈들과 어떻게 다른지 말해줄 테니까 말이야."

'혈신체에 관해서 추측하는 것이 아니라, 정말로 만나본 것 같다. 언제…….'

환요가 어찌 알겠는가, 제제는 혈신체에 아주 안 좋은 추억이 있음을.

지독한 조소가 제제의 입가에 머물렀다.

"혈왕, 그 자식에겐 빚이 좀 있어."

"가, 감히 그분을!"

그녀의 부하들이 일제히 제제를 포위하려 움직였다.

은소란과 두 여인은 무기를 뽑아 들고 제제 곁으로 다가왔다.

"저희도 돕겠습니다."

제제는 시큰둥하게 대답했다.

"됐어."

"예?"

"니들 때문에 온 거 아니니까, 성가시게 굴지 말고 비켜."

"……!"

말을 마친 제제는 다짜고짜 손을 뻗었다.

쉭—

십 장은 족히 떨어진 나무에서 '탁' 소리와 함께 나뭇가지가 빨려 왔다.

"……!"

은소란과 두 여인은 제제의 신기에 입을 다물 줄 몰랐다.

환요와 그녀의 부하들 역시 마찬가지였다.

허공을 격해서 물건을 끌어당기는 섭물진기는 아무나 펼칠 수 있는 것이 아니기 때문이다.

제제의 냉엄한 일갈이 터졌다.

"혈왕은 내가 세상에 다시 나온 이상, 반드시 내 손에 뒤진다! 혹시 라도… 뭐, 그럴 일은 없겠지만, 살아난다면 그렇게 알려줘."

"……?"

당장이라도 손을 쓸 줄 알았던 제제의 손에 들린 나뭇가지가 허공에 서 춤을 추었다.

팟. 팟.

점점 빨라지는 제제의 손이 지나간 자리에는 어김없이 선이 그어졌 다. 천마구궁연환을 대성한 이후로, 천마십이식을 검식처럼 사용하는 것은 식은 죽 먹기였다.

좌측이 요(凹)의 형태로, 우측이 철(凸)의 형태로 만들어진 두 진기의 충돌이 일으킬 위력은 볼 것도 없었다.

"선물이야."

"……!"

퍼뜩, 정신을 차린 환요는 뒤를 보며 크게 외쳤다.

"뭣들 하는 거야, 피해!"

그녀의 외침에 부하들도 멍청한 표정에서 깨어나며 급히 몸을 날렸다.

쾅—!

"아앗!"

양쪽에서 조여드는 힘을 이기지 못하고 여인들은 일제히 비명을 지르며 몸이 터져나갔다.

환요만이 혈신체로 변하며 공격을 피할 수 있었다.

제제는 환요의 모습에 아미를 찌푸리며 인상을 썼다.

"그게 인간의 얼굴이냐? 징그러… 정말 보기 흉한 물건 만드는 데는 혈왕, 그 자식 따라갈 사람이 없겠어. 쯧. 너 그렇게 생긴 거… 네 부모는 알고 있냐?"

환요는 제제의 농담에 장단 맞춰줄 정신이 아니었다.

'이 계집을 상대하려면 혈마께서 오셔야 한다. 마벌이든, 진의맹이든 신경 쓸 것 없다고 하고선… 내가 상대하는 이 황당한 년은 뭐란 말이냐!'

그녀의 머릿속은 온통 도망갈 궁리에 여념이 없었다.

괜한 질문은 그만두기로 했다.

뒤늦게 나타난 자들은 나설 기미도 보이지 않았다.

그때, 제제의 입에서 구원의 목소리가 들려왔다.

"그만 가봐."

"……!"

"혈신체로 변한 네년의 얼굴을 보고 싶었을 뿐이야. 혈왕, 그 자식에게 전해, 암황무적군단을 기만한 죄는 죽음뿐이라고."

"암황무적군단!"

천마 제릉.

그 이름이 가장 먼저 떠올랐다.

"곧 혈마께서 네년을 찾을 것이다. 목이나 길게 빼고 죽을 준비……!"

핑—

"헉!"

나뭇가지가 그녀의 뺨을 스쳤다.

그녀는 바짝 언 몸을 겨우 돌려 세우며 도망치는데 혼신의 힘을 다했다.

第四章

낭인왕

톡 톡톡─
북궁운혜는 눈을 감은 채 고운 옥수(玉手)로 탁자를 두드렸다.

방금 들어온 소식 때문에 머릿속이 혼란스러웠다.

백리천이 삼극무황동을 떠났다는 보고 때문이다.

말이 되질 않았다.

보고한 자의 무공은 겨우 일급 정도에 해당하는 실력이었다.

확인하자마자 곧바로 달려왔다고 해도, 백리풍이나 북궁악, 단소동보다 빠를 리가 없잖은가.

세 사람의 소식을 알 수가 없었다.

'그분들이 변을… 아니지, 삼황과 삼선의 후예라도 그분들을 동시에 상대할 수는 없다. 백리 공자를 데리고 어딜 들렀다가 오시는 중이겠지.'

그렇게 믿고 싶었다.

제제를 도와주러 가야 했다.

더 이상 시간을 끌었다가는 도저히 움직이지 못할 것 같았다.

그녀 앞에는 단파가 익숙한 자세로 명령을 기다리고 있었다.

"떠날 준비를 해주세요."

"알겠습니다. 이번에는 몇 명이나 준비하도록 할까요?"

질문은 짧지만, 북궁운혜가 원하는 것이 모두 들어 있었다.

이번 출정에 많은 인원이 필요하지 않음을 알고 있는 것이다.

"강기무공을 다룰 수 있는 분들에 한해서만 동행합니다."

"강기를 다룰 수 있는 고수만 말입니까?"

단파의 의아한 목소리에는 이유가 있었다.

은하련에 속한 고수 중 강기를 다룰 수 있는 인물은 불과 몇 사람에 불과했기 때문이다.

"예."

"련주님과 저, 그리고 형님만 간다는 말씀이십니까?"

"거기에 철혈신검과 철혈파파도 포함시켜 주세요. 그리고… 단 대협은 제외시킵니다."

"형님을요?"

"단 대협이 그렇게 싸움을 좋아하는 줄 몰랐습니다. 이번에도 제 말을 무시하고 단독 행동을 하지 말라는 법은 없겠지요."

"무혼지주와의 일 때문이라면, 형님께서 실수했다고 제게 말씀하셨습니다."

북궁운혜가 단파의 이어질 말을 단숨에 잘랐다.

"아니요. 함께 가지 않는 것이 좋겠습니다. 어차피 오빠가 합류할 테니, 그 인원이면 충분해요.”

“……”

뭐라고 해도 마음을 돌릴 기세가 아니었다.

그러나 단정과는 함께 가겠다고 약속한 상태가 아닌가.

생각을 해내야 한다, 단정과 함께 나갈 수 있는 명분을.

“련주님, 고집을 부리는 것이 아니라, 이 점을 고려해 주셨으면 합니다. 삼황과 삼선의 후예들이 진의맹과 연관이 있을지도 모릅니다.”

“……?”

북궁운혜는 갑작스런 단파의 말에 의아한 눈이 됐다.

“부련주도 알고 있지 않나요? 그들은 삼황과 삼선의 후예들과는 아무런 상관이 없어요.”

단파가 고개를 내저었다.

“탑탑마군과 마영마군은 고수입니다.”

“……”

“그들이 들어간 뒤, 진의맹에 커다란 혼란이 있었다는 소린 듣지 못했습니다. 그들이 난리를 피울 시간도 주지 않고 제압했거나, 죽였거나… 겠지요. 십중팔구는 전자일 확률이 높습니다. 무슨 이유에선지 요즘 심심찮게 삼황과 삼선의 무공이 곳곳에서 발견되고 있습니다.”

“……”

북궁운혜는 조목조목 설명하는 단파의 말을 듣기만 할 뿐, 이렇다 할 반론을 제시하지 못했다.

단정을 데려가고 싶지는 않았으나, 반드시 데려가고 싶어하는 단파의 생각을 읽었기에 어쩔 수가 없었다.

“휴… 부련주님의 형님 사랑에 제가 졌습니다.”

"그런 것이 아니라……."

"됐습니다. 함께 가기로 하죠. 곧 출발할 테니, 중간중간에 연락해 줄 사람들을 따로 챙겨주세요."

"알겠습니다."

단파가 단정을 위해 해줄 수 있는 일은 여기까지였다. 앞으로 일어나는 일에 대해서는 이제… 하늘에 맡기는 수밖에.

*　　　*　　　*

"으다다다닷!"

장패기가 장난처럼 휘젓는 주먹은 전혀 장난스럽지 않았다.

퍼버버벅—!

뭘 어찌해 보고 할 새도 없이 장패기를 막아섰던 낭인 무리들은 우후죽순처럼 나가떨어졌다, 한 방에 한 명씩.

벌써 이십여 명이 당했다.

"그만!"

이곳에 모인 낭인 백여 명의 대형 인도부가 소리치며 나섰다.

장패기는 뚱한 얼굴로 고개를 갸웃거렸다.

"네가… 이놈들의 대형이냐?"

"후후후. 이미 우리를 건드렸으니, 후회해도 소용없다."

"후회는 무슨. 너 정도가 백 명이나 되는 낭인을 데리고 있다는 게 어이없어서 물어본 거다. 빨리 와."

"아가리 닥쳐!"

성난 인도부의 주먹이 장패기의 안면을 노리고 날아갔지만 장패기의 주먹은 일개 낭인이 감당할 수 있는 것이 아니었다.

"크악―!"

비명과 함께 인도부의 신형이 십여 장 밖으로 튕겨져 나갔다.

장패기는 당연한 결과에 눈조차 돌리지 않고는 턱을 살짝 들어올리며 한마디만 건넸다.

"나, 장패기야!"

"……."

모두 꿀 먹은 벙어리처럼 눈만 껌뻑거렸다.

그때였다. 곱지 않은 목소리가 장패기를 돌아서게 만들었다.

"장패기가 어떻다고 이곳까지 와서 지랄이야!"

얼굴을 반쯤 가리고 헐렁한 옷을 입은 인영이 앞으로 나와 있었다.

"뉘슈?"

"겨우 인도부를 때려 뉘였다고 좋아하는 너를 응징할 사람."

장패기의 표정이 삐딱해졌다.

"응징?"

"이거나 받아!"

췻―

헐렁한 옷이 날을 세우며 갑자기 장패기의 얼굴을 잘라왔다.

"헛!"

장패기는 주먹을 뻗으려다 급히 거두었다.

옷에 실린 무게가 장난이 아니란 것을 깨달은 것이다.

급히 뒤로 물러서며 이보반을 꺼냈다.

소매의 재질은 철일 테고 손에는 자석으로 만든 수투가 끼워져 있으리라.

카캉—!

이보반과 소매가 부딪쳐 날카로운 쇳소리를 냈다.

장패기는 장난스럽게 말을 걸었다.

"다 보았냐?"

인영은 입고 있던 상의를 벗었다.

툭.

"……!"

그의 전신에 셀 수 없이 많은 무기들이 꽂혀 있었다.

일단, 수리표가 그의 양쪽 가슴을 따라 빽빽이 꽂혀 있었고, 허리에는 양쪽 세 개씩 여섯 개의 비도가, 허벅지에는 륜이 접혀져 있었다.

"무기 팔러 다니냐?"

"나 상관 말고 네 목이나 잘 간수해."

"내 목을 왜 네가 걱정하는데?"

"내가 곧 잘라갈 테니까. 핫!"

파라라락—!

인영의 신형이 하늘로 솟구쳤다.

장패기는 곧 쏟아질 암기들을 막기 귀찮았다.

어쩔 수 없이 이보반을 회전시켰다.

키리릿—

막 허공으로 떠오른 인영이 손을 쓸려는 찰나, 그의 전신을 노리고 이보반이 용트림을 했다.

쾌액— 쾌액— 쾌액—!

다가오는 소리만으로도 위력이 어느 정도 되는지 느낄 수 있었다.

쾅—!

벼락 치는 소리와 함께 인영의 신형이 실 끊어진 연처럼 바닥으로 곤두박질쳤다.

"죽이지는 않겠다. 난 그저 한 가지만 물으려고 했거든."

"한 가지 질문……?"

인영은 겨우 몸을 일으키며 얼굴을 구겼다.

"산서성에서 제일 강한 낭인이 누구냐?"

*　　　*　　　*

철대랑(鐵大狼)의 나이는 스물일곱 살이다.

약간 마른 몸집이지만, 가죽 옷을 통해 드러나는 근육들은 예사로워 보이지 않았다. 많은 실전 경험없이는 잘 드러나지 않는 모습이었다. 무엇보다 사람 잡을 눈빛이었다, 보는 것만으로도 사람을 죽일 것 같은.

무기는 옆에 찬 박도(朴刀)가 전부였다.

와락!

부하를 통해 날아온 서찰이 구겨졌다.

낭인왕 장패기가 산서성을 접수하러 왔다.

낭인왕.

"하!"

철대랑은 기가 막혀서 말이 나오질 않았다.

낭인왕이라니!

'접수? 산서성을?'

적힌 장소를 보니 이곳에서 멀지 않은 강가였다.

그는 폭발하기 일보 직전이 됐다.

'삼 등분… 정확히 세 조각으로 잘라주마.'

그때, 그의 뒤에서 부하들로 보이는 사내들이 수군거렸다.

"낭인왕? 그럼 우리 대형은 뭐야? 하긴 나도 들은 얘긴데, 섬서성에서 그자의 창을 받아낸 자가 없었대."

"창을 기차게 잘 쓴다며?"

'창? 기껏 낭인왕이라고 떠버린 자가 창을 써? 뒈질려고 환장을 했군.'

철대랑으로서는 가능하면 짧은 쪽을 선호하기 때문에 거추장스러운 창은 딱 질색이었다.

대화가 더 들려왔다.

"싸우는 걸 한 번 보면 몸이 떨린대."

"왜, 무서워서?"

"아니, 너무 잘 싸워서. 그나저나 대형 성질에 그자를 내버려 둘 리는 없고……."

철대랑은 호흡이 거칠어지며 퉁명스럽게 한 명을 불렀다.

"너!"

"예?"

"그치가 그렇게 유명하냐?"

"에? 장패기를 모르십니까, 대형? 섬서성에서 그를 따르지 않는 낭인이 없다죠, 아마? 싸움을 정말 잘한답니다."

철대랑이 갑자기 화를 버럭 냈다.

“그만! 별것도 아닌 허섭이 장난치는 것 같고. 쳇!”

자신보다 유명한 낭인이란 있을 수 없었다.

시시껄렁한 놈이 낭인왕일 리가 없잖은가!

철대랑이 펼치는 삼박도 여섯 초식은 모두 연결되어 있었다.

강력한 외공을 기본으로 깔고 그 위에 가볍고 날카로운 박도의 도기로 치장하는 무공이었다.

이 년 동안 산서성에서 삼박도를 펼친 만한 적을 만나지 못했다.

그의 앞에 여유롭게 선 장패기는 혼자가 아니었다.

또래로 보기에는 너무 젊은 청년과 은근히 견제하게 만드는 노인이 곁에 있었다.

철대랑은 경계심을 털어버린 듯이 소리쳤다.

“내 박도는 강하다, 장패기.”

“그래, 알았으니까 빨리 와.”

“……!”

철대랑의 얼굴이 급격히 달아오르자, 차례로 솟아오르는 핏줄들이 그의 몸을 철갑처럼 만들고 있었다.

풍호는 철대랑의 무공이 제법임을 한눈에 파악하고 장패기에게 주의를 주었다.

“조심해.”

“내가 알아서 합니다. 잔소리는…….”

“뭐라고!”

“나도 안다고요!”

장패기는 버럭 소리를 지르고는 냅다 달려나갔다.

오른손에는 이보반을 꼬나 쥔 상태였다.

악성과의 싸움 이후로 펼친 적이 없는 뇌승양 일식이 박도를 향해 움직였다.

쾅—!

두 사람은 첫 충돌을 시작으로 모두 열세 번 부딪쳤다.

쾅— 콰쾅— 콰콰쾅—!

맹렬한 충돌 뒤에 장패기는 제자리로, 철대랑은 원래의 자리에서 서너 걸음 뒤로 밀렸다.

장패기는 자신의 이보반을 물끄러미 쳐다봤다.

"뭐야, 뇌승양을 펼치고도 겨우 뒷걸음질치게 한 정도라고? 그동안 내 몸이 허해졌나?"

믿을 수가 없었다.

철대랑은 황당한 표정으로 장패기를 노려봤다.

겨우라니!

"으아아아……!"

철대랑의 박도가 움직일 때마다 빛을 뿜어냈다.

퀵— 퀴르릇—

박도에서 나온 빛의 길이가 무려 이 장여에 달하는 걸로 봐서 조금 전과는 비교도 할 수 없는 위력이리라.

그러나 그런 노력은 장패기의 가볍게 찌르는 것 같은 동작에 번번이 막히고 말았다. 물론 엄청난 굉음이 번번이 주위를 울린 것은 말할 나위도 없었다.

철대랑은 놀라움을 넘어서 황당했다.

'뭐 저런 놈이 다 있지?'

그나마 다행인 것은 어느새 철대랑이 이보반과 신명나게 싸움을 벌인다는 것이다.

철대랑은 장패기의 창이 뒤로 물러서는 걸 보고 빠르게 창의 옆면을 박도로 때렸다. 그러나 순식간에 중심을 이동시킨 장패기가 기묘하게 창을 비틀며 오히려 박도를 치는 형태로 변하고 말았다.

쾅―!

"……!"

엄청난 회전이 박도를 통해 손에 전달됐다.

"독특한 창법이로군."

"좀 그렇지?"

"그 창을 막을 자는 별로 없겠어."

"나도 그런 줄 알았어."

"알았어?"

있다는 뜻이다.

철대랑은 의외라는 듯, 순순히 말하는 장패기를 쳐다봤다.

"그것도 둘씩이나."

장패기의 시선이 슬쩍 옆으로 돌아갔다.

악성과 풍호가 약속이나 한 듯이 웃어주었다.

'설마 저 젊은 놈과 노인은 아니겠지?'

왜 아니냐는 듯이 장패기가 크게 웃었다.

"뭐 저 두 분이라면 창피할 일도 아니지. 후후후."

'컥!'

장패기가 부끄러워할 말을 하면서 오히려 자랑스럽다는 표정을 지은 것이다.

철대랑의 얼굴은 완전히 구겨지고 말았다.

순간적으로 장패기를 인정하려던 생각이 싹 가시고 말았다.

악성과 풍호의 겉모습을 보고 실망한 것이다.

확인하기 위해 일부러 험상궂은 표정으로 물었다.

"저 젊은 놈은 아닐 테고, 노인이 이자의 주인이신가?"

철대랑의 말에 장패기와 풍호는 동시에 사색이 되고 말았다.

특히 장패기는 몸 둘 바를 모르고 안절부절못했다. 자신의 일로 악성이 '젊은 놈' 이란 욕을 듣게 한 것이다.

"주군께 무례히 굴지 마라!"

쿼릇―

이제까지 펼친 그 어떤 공격보다 빠르게 이보반이 하나의 점이 되어 철대랑의 미간을 향해 날아갔다.

방어할 겨를도 없이 일어난 일이라, 철대랑은 계속해서 뒤로 물러서며 고개를 이리저리 움직여 점으로 화한 이보만을 피했다.

그러나 이미 기세에서 밀려 버리고 말았다.

'익!'

질끈 두 눈을 감고 말았다.

막 이보반이 철대랑의 미간을 뚫으려는 순간, 캉! 하는 소리와 함께 이보반이 철대랑의 귓가를 스치고 지나갔다.

핏―

"……!"

한 뼘이나 빗나간 창은 그의 귓불이 불에 덴 것처럼 화끈거리는 것과 무관해 보였으나, 쉬쉬쉭거리며 회전하는 소리를 듣고서야 창의 회전력이 귓불을 찢었다는 걸 알았다.

놀람은 거기서 그치지 않았다.

아직도 회전하고 있는 장패기의 창.

그 무지막지한 회전력을 멈추게 한 손이 있었다.

젊은 놈이라고 했던 악성의 손이다.

장패기의 당황하는 목소리가 들렸다.

"주군, 왜 말리십니까?"

악성은 장패기를 보며 혀를 찼다.

"이 사람을 죽이면 애들과 한 약속을 어떻게 지키려고?"

"예? 그거야……."

악성이 이번에는 철대랑에게 시선을 돌렸다.

"졌다는 걸 인정하겠소?"

"……."

"한 가지 부탁을 하려고 하는데, 장패기가 낭인들은 낭인들끼리 통하는 방법이 있다고 하더군요."

낭인들은 혼자 가는 인생이다. 누군가와 협잡을 하거나, 뒤에서 등을 쑤시는 일 따위는 하지 않는다. 그런 자존심이 하오배들과 구별되는 그들만의 긍지였다.

철대랑은 길게 생각할 것도 없다는 듯이 대답했다.

"졌소. 삼박도를 제대로 사용하지 못한 것이 억울하긴 하지만, 뭐 어쩌겠소. 진 건 진 거지."

말이 끝나기 무섭게 장패기가 창을 거두며 크게 웃었다.

"푸하하하! 성격은 정말 화끈하구나. 좋다, 이제부터 장 대형이라 부르는 걸 허락하마."

철대랑은 한쪽 발을 땅에 대며 포권을 취했다.

"장 대형께 정식으로 인사드리겠습니다."

"반갑다, 철대랑."

당연하다는 듯이 철대랑의 어깨를 두드리는 장패기의 모습이 그렇게 자연스러울 수 없었다.

그 모습을 본 악성은 자신도 모르게 실소를 터뜨렸다. 어찌 생각하면 단순하기 이를 데 없지만, 그만큼 누구보다 원칙을 지키고 따르는 데 익숙한 사람들 같았던 것이다. 그런 점이 보기 좋았다.

갑자기 장패기가 악성을 가리키며 말했다.

"철대랑, 아까 주군께 한 말에 대해 사과드려라."

당연히 따를 줄 알았던 철대랑이 의외로 냉정하게 대답했다.

"그건 못합니다."

"엥?"

"대형의 주군이 왜 내게도 주군이 돼야 합니까? 대형은 대형, 대형의 주군은 대형의 주군이오."

"너 미친 거 아냐? 대형의 주군이면 네게도 주군이지 뭔 말이 그렇게 많아!"

"그래도 못합니다."

"그럼, 넌 내 아우 될 자격 없다."

장패기의 단정적인 말에 철대랑의 안색이 갑자기 해쓱해졌다.

"대형, 제 말은 그게 아니잖습니까."

"니 말은 니 말! 내 말은 내 말! 끝."

"대형……."

"내가 왜 니 대형이야? 말도 안 듣는 놈이 무슨. 니 부하들도 거둘 생각 없으니까, 알아서 흩어져. 주군, 그만 가시지요. 제가 잠시 돌았던 것 같습니다.”

상황을 모르는 악성과 풍호는 의아한 눈이 됐다.

철대랑을 악성이 거두겠다고 한 적도 없었다.

장패기 혼자서 북 치고 장구 다 쳐놓고 이제 와서 없었던 일로 하자
니.

풍호의 표정이 딱딱하게 굳었다.

“장패기 다시 생각해 봐.”

“필요없어요. 저런 놈은 거둬봐야 지 생각만 하거든요.”

“그래?”

“예.”

“에라이, 화상아!”

퍽—!

부지불식간에 풍호의 주먹을 허용한 장패기의 신형이 멀찌감치 날
아가 처박혔다.

“아니, 왜 때려요!”

“이놈아! 주군께서 시간이 남아돌아 여기까지 따라오셨겠냐. 낭인들
은, 낭인들의 뭐가 있다며? 이게 그 뭐냐? 넌 그냥 나가 죽어라.”

퍽. 퍽. 퍽.

십여 걸음은 족히 떨어진 거리를 손짓만으로 장패기의 몸을 두들겨
패는 소리였다.

떡판 위의 떡을 찧는 소리가 저럴까.

소리가 들릴 때마다 철대랑의 몸이 움찔거렸다.

장패기에게 패한 것에 이어, 악성이 한 손으로 창을 멈춘 것이 겹쳐
서 자존심 때문에 거절했던 것뿐이었다.

노인조차 악성을 보고 주군이라고 할 줄이야…….

악성과 한 판 붙고 싶은 생각은 벌써 사라지고 울상이 되었다.

이내 더 이상은 볼 수가 없었던지, 악성을 향해 크게 외쳤다.

"아, 앞으로 주군으로 모시겠습니다!"

그리고는 풍호를 향해 다시 절을 했다.

"어르신, 대형을 살려주십시오!"

풍호는 그제야 손을 멈추었다.

"마음에도 없는 말은 그만 둬."

"아닙니다! 제발, 주군으로 모시게 해주십시오."

풍호가 슬그머니 악성을 돌아봤다.

악성이야 사실 별 상관 없었다, 장패기가 알아서 잘 다룰 것이라 여겼기 때문에.

"아이들에게 데려가기로 하죠."

"알겠습니다. 넌 오늘 운 좋은 줄 알아. 장패기, 아직도 처박혀 있을 테냐!"

"끙… 가잖아요."

구시렁구시렁.

장패기의 행동을 좀 더 일찍 보지 못한 것이 철대랑은 후회스러웠다.

악성은 만교성 남매를 사망적혈전에 맡기려 했으나, 걸리는 문제가 한두 가지가 아니었다.

그것에 대한 대안을 제시한 사람은 장패기였다.

낭인들을 이용하면 그쯤은 아무것도 아니라는 것이다.

자신의 말을 입증이라도 하듯이, 붉은 옷을 입고 요 근래 산서성에 자주 나타나는 자들이 있느냐는 악성의 질문에 철대랑은 깜짝 놀란 표정을 지었다.

"있습니다!"

"……?"

악성은 어리둥절한 표정으로 철대랑을 쳐다봤다.

"그놈들이 분명합니다. 최근에 산서성을 공포로 몰아넣은 자들입니다. 사망적혈단을 살필 때만 해도 다른 놈들처럼 세력 싸움이니, 뭐니 하는 거라 여기고 별 신경을 안 썼습니다. 한데, 그놈들이 정신이 돌았는지, 곳곳에서 이유없이 낭인들을 죽이는 게 아닙니까? 안 그래도 그놈들을 잡으러 가려던 참이었습니다. 어… 무슨 얘기를 하다가 제가……."

장패기가 퉁명스럽게 다시 물었다.

"그놈들, 지금 어디 있냐?"

"사망적혈전 근처로 모이는 것 같습니다."

악성의 우려가 현실로 나타났다.

"사망적혈전!"

마음이 급해졌다.

"이보게, 철대랑, 한 가지 부탁을 해야겠네."

"부탁이라니요, 당치 않으십니다! 명령만 내려주십시오."

"발 빠른 자를 사망적혈전으로 보내서 그곳은 무사한지 알아봐 주게."

"사망적혈전이요?

철대랑의 안색이 별로 좋지 않았다.

“문제가 있나?”

“일전에 담사우란 작자가 찾아와서 머리 아픈 제안을 하고 간 상태라, 사이가 별로 안 좋습니다. 그냥 제가 알아서…….”

“앞으로는 담 전주와 친하게 지내게, 철대랑과 동료가 될 테니까.”

“예? 그자와 친하게 지내라고요?”

장패기가 철대랑의 머리를 톡톡 두들기며 이죽거렸다.

“주군께서 그냥 친하게 지내라고 하시겠냐? 담 전주란 자도 우리처럼 주군을 모시는 사람이란 소리야. 똑똑한 이 대형을 좀 닮아라, 바보 같은 녀석아. 킥킥킥.”

“끙…….”

철대랑의 가슴 답답한 표정을 지켜보던 풍호는 장패기를 향해 기가 막힌다는 듯이 한마디 쏘았다.

“바보가 바보보고 바보라고 하네? 그것 참. 하긴, 그걸 지켜보자니 웃기기는 하구나. 껄껄껄.”

“바, 바보? 풍 노사, 지금 나보고 바보라고 했수?”

“네가 아우보고 바보라고 하기에 바보인 줄 알았지. 왜, 아니야?”

“익! 하여간 농담하고 진담을 구별하지 못해요. 쳇!”

장패기의 장비수염이 꼿꼿이 일어났으나, 화는 엉뚱하게 철대랑에게 돌아갔다.

“야, 철대랑! 너 때문에 이 대형이 바보 취급을 받아야 하나, 엉!”

“예? 왜 제게 화풀이를…….”

“화, 화풀이? 내가 지금 네게 화를 냈다는 거야?”

철대랑은 잠시 정신을 수습하고 곧바로 고개를 저었다.

“아닙니다, 대형.”

두 사람의 모습은 얼핏 보면 단순한 듯하지만, 철저하게 힘에 의해 서열이 정해지는 세계라는 점을 감안하면 충분히 가능할 것 같기도 했다.

낯선 모습에 악성과 풍호는 크게 웃었다.

"하하하."

"껄껄껄."

*　　　　*　　　　*

남궁엽은 일행의 제일 뒤쪽에서 따라가는 중이었다.

주위를 살피다 머문 그의 시선.

느려터진 묘충 일행을 못마땅하게 쳐다봤다.

'은소란이란 저 여인… 신경 쓰인다.'

동행을 하게 된 상황이 떠올랐다.

홍의 궁장 여인이 막 장내를 벗어날 때였다.

묘충이 급박하게 소리쳤다.

"소란아, 저 여자를 보내서는 안 된다. 어서 쫓아가!"

제제가 이미 놓아준 여자를 쫓아가서 죽여라?

황당하기 그지없는 명령이었다.

당연히 제제는 묘충을 향해 돌아섰다.

"지금 뭐라고 했지?"

묘충은 선혈이 흐르는 입술을 닦을 생각도 않고 대답했다.

"당신은 실수했소. 그 여자는… 컥!"

어느새 다가온 남궁엽의 검이 그의 목젖을 눌렀다.

"당신, 마벌주께 무례하면 죽는다."

"……!"

섬뜩한 살기가 묘충의 감각을 따갑게 만들었다.

'이자도 고수다!'

은소란은 분위기가 험악해지자, 급히 무릎을 꿇으며 묘충 대신 용서를 구했다.

"묘 호법님을 살려주세요. 묘 호법님은, 그녀가 더 강한 자를 데려오면 은인께서 위험하실지 몰라서……."

"지금 뭐라고 했느냐. 내가 위험할 것 같아서라고?"

은소란의 그 말 한마디에 묘충이 살았을 뿐만 아니라, 제제의 보호를 받으며 산서성까지 가게 됐다.

공교롭게도 묘충 일행의 목적지도 하북성이었다.

남궁엽의 시선이 앞쪽의 제제를 향했다.

제제는 손을 펴서 흔들다가 마음에 안 드는지 꽉 움켜쥐었다.

"……."

개운치 않은… 마치 식사를 하다가 만 듯한 느낌이 이어졌다.

혈신체로 변한 홍의 궁장 여인은 분명히 오 년 전에 곤란을 겪었던 혈영전사들과 비슷한 수준이었을 것이다.

'그때는 꽤나 곤란했는데…….'

제제는 과거와는 비교도 할 수 없이 강해진 자신이 대견했으나 한편으로는 실전이 거의 없는 상태라 걱정도 됐다.

지금은 그녀의 잠자고 있는 능력을 깨워줄 고수가 필요했다.

‘삼마군 할아버지, 죄송해요. 금방 갈게요.’

이런 생각을 하는 자신이 우스웠던가?

제제는 혼잣말을 흘렸다.

“홋, 혈왕 따위에 겁을 먹어서는 성랑을 볼 면목이 없지.”

옆에서 은소란이 흠칫거렸다.

‘혀, 혈왕 따위? 게다가 성랑이라면… 벌주의 정인인가? 얼마나 대단한 고수이기에 혈왕을 눈 아래로 보는 것이 당연하다는 거지?

은소란의 눈에는 어느 한 사람도 평범해 보이지 않았다.

묘충의 내상을 가볍게 치료한 노인의 능력이야 말할 것도 없었고, 다른 노인들 역시 마찬가지였다. 뒤따르는 젊은 고수 넷도 노인들이 인정하는 걸로 봐서 범상치 않은 실력을 지녔으리라.

슬며시 제제를 향해 입을 열었다.

“은인께선 무슨 걱정이라도 있으신지요.”

“없다.”

딱딱한 대답.

제제의 성격이 여실히 드러나는 말투였으나, 은소란은 개의치 않고 다시 말을 걸었다.

“한데 왜 그리 불안해하세요? 혹시… 그들이 다시 올까 봐 걱정이 되시는…….”

“닥쳐!”

“예?”

“그 반대다.”

“…….”

은소란이 다시 질문을 할 것처럼 쳐다보자, 제제는 귀찮은 듯이 말을 돌렸다.

"그건 됐고. 더럽게 못생긴 계집의 말로는, 네가 뭘 갖고 있다고 한 것 같은데, 중요한 거냐?"

"아아… 그, 그것이……."

은소란은 숨기고 싶었던 듯 크게 당황하며 눈동자를 불안하게 떨었다.

제제의 눈빛에 이채가 흘렀다.

"내겐 말할 수 없다는 뜻이냐?"

"그, 그것이 아니라……."

그때, 망설이는 은소란을 대신해서 대답이 들려왔다.

"내가 대답하마."

치료가 끝나 천천히 신법을 펼치며 묘충이 다가왔다.

"마벌이란 곳의 주인이라 들었습니다. 벌주께 한 가지 부탁을 드려도 되겠습니까?"

"……."

침묵은 긍정이리라.

"한 분께 전해 드려야 하는 물건이라 자세히 설명을 드릴 수 없음을 이해해 주십시오. 혈왕의 손에 들어가서는 절대 안 되는 물건이란 사실만 말씀드릴 수 있습니다."

"……."

제제는 말을 돌리기 위해 했을 뿐, 정말로 궁금하지는 않았다. 당연히 시큰둥하게 대꾸했다.

"상관없다. 어차피 내공에 도움을 줄 영약이거나, 너희들이 기이무쌍하다고 생각하는 무공일 테니."

"……!"

"……!"

은소란 뿐만 아니라, 조용히 듣고만 있던 묘충도 깜짝 놀란 표정을 지었다. 제제의 퉁명스런 말이 모두 맞았기 때문에.

은소란이 지니고 있는 물건은 한 사람을 신인(神人)으로 만들 수 있는 무공과 영약이었다.

묘충은 제제의 한마디에 암울한 눈빛이 됐다.

'흠, 내가 눈이 있어도 사람을 제대로 보지 못했구나. 이미 무공이나, 영약에는 관심없는 초절정고수였단 말인가?'

해남도에서 함께 나온 호법 셋은 혈영들과 홍의 궁장 여인의 손에 죽었다. 죽여도, 죽여도 살아나는 혈영들도 혈영들이었지만, 혈신체로 변한 그녀의 손속을 당해낼 수가 없었다.

그런 그녀를 제제는 간단히 물리쳤다.

어쩌면 제제는 그가 상상하는 것보다 훨씬 고수일지도 몰랐다.

'묘 호법께서 또 무슨 생각을…….'

은소란은 번뜩이는 묘충의 눈빛을 접한 순간 의도를 알 수 있었다.

제제를 이용해 지금의 위기를 벗어나려는 것이리라.

그러나 그녀는 묘충의 의도를 따를 수가 없었다.

천마삼로와 암황사패가 제제에게 보내는 시선을 본 까닭이다.

열 명의 시선을 지고 가는 여인이, 일의 우선순위도 모르고 내키는 대로 행동한다?

묘충이라면 그렇게 믿고 싶을지 모르지만, 은소란으로서는 말이 되질 않는 일이었다.

'마벌주의 보호를 받아 무사히 해빈 공자님을 만난다? 혈왕의 추격

을 이분께 맡기고? 하아… 그래도 된다고 누가 말이라도 해줬으면 좋으련만…….'

못할 짓이라 판단했기에 솔직히 말을 하기로 했다.

"저… 마벌주님."

"응? 잠깐."

"……?"

제제는 은소란에게 향하던 시선을 허공으로 돌렸다.

"왔구나!"

"……!"

"할 얘기 있으면 나중에 하자."

"…예. 별 얘기는 아닙니다."

"그 계집과 꽤 많은 인원의 기척이 느껴진다. 뒤로 물러서 있어라."

은소란은 자신만만한 제제의 웃음에 안심이 되면서도, 한편으로는 그녀를 속이고 있다는 미안함에 마음이 무거웠다.

그때, 묘충이 누군가를 발견하고 부르짖었다.

"헉! 저자는!"

제제의 시선이 멈춘 곳에 나타난 자들, 도망쳤던 홍의 궁장 여인과 한 사내가 다가왔고, 그 뒤를 수십 명의 혈영이 따라 내렸다.

부르르―

묘충은 자신도 모르게 몸을 떨었다.

홍의 궁장 여인이 목젖을 드러내며 크게 웃었다.

"이제야 겁이 나는 모양이구나. 감히 혈왕의 분신들을 죽여? 순순히 물건만 내놓으면 내 특별히 혈마(血魔)께 산뜻하게 죽여주십사, 부탁하마. 깔깔깔!"

그녀는 자랑스러운 듯이 옆의 사내를 돌아봤다.

처음 보는 사람이라면 군자(君子)라 해도 믿을 만큼 선이 굵은 얼굴을 지닌 사내였다.

그의 시선이 묘충을 향했다.

"해남도에서 본 것 같군."

묘충의 얼굴에 절망이 어렸다.

그러나 이 자리에는 그를 도와줄 사람이 있었다.

도움을 청하기도 전에 기다렸다는 듯이 제제가 나섰다.

"혈마가 당신인가? 빨간 귀신들을 수십 명이나 데리고 다니는 걸 보니 분명하군. 그래, 혈왕은 잘 있나?"

"……?"

혈마의 눈에 이채가 발해졌다.

제제가 목소리에 살의(殺意)를 담았기 때문이다.

'응? 저 계집은…….'

그는 제제를 한눈에 알아볼 수 있었다.

한 번 보면 쉽게 잊혀지지 않을 외모에 그녀만의 독특한 느낌이 여전한 까닭이다.

그의 표정이 기이하게 변하며 입꼬리를 비틀었다.

그러거나 말거나… 제제는 오만한 동작으로 턱짓을 했다.

"여기까지 직접 온 걸 보면 끝발은 별로 없나 보지?"

그녀가 웃으며 한 발을 내딛자, 발목이 땅속으로 쑥 들어갔다.

"너를 시작으로, 혈왕에게 오 년 전 빚을 받을 생각이거든."

"빚?"

혈마는 흥미로운 눈으로 제제의 전신을 한 차례 더 쓸어보았다.

그녀의 몸을 감돌고 있는 은은한 묵빛 광채가 예사롭지 않아 보이는
것이 그가 알고 있던, 성격만 지랄 같은 제제와 달랐다.

'나, 탁휘룡을 못 알아보는군. 하긴 구유대제란 늙은이와 그 이상한
놈 외에는 못 봤으니까. 후후후. 오 년 만에 보는 반가운 얼굴이 지독
히도 예뻐졌군. 후후후.'

홍의 궁장 여인이 재빨리 제제를 가리켰다.

"저년이 제가 말씀드린……."

"안다. 예전에는 천방지축으로 날뛰던 계집이 이젠 제법 이무기 티
를 내려고 하는구나. 큭큭큭."

"예전……? 아시는 계집입니까?"

제제도 다가서던 걸음을 멈추고 탁휘룡을 쳐다봤다.

'나를 알아?'

"아주 재미있어지는구나. 암황무적군단까지 나왔단 말이지? 크하하
하! 악성은 어디 있느냐? 생각난 김에 나도 빚을 좀 받아볼까?"

'성랑까지 안다고? 성랑은 오 년 전에 잠깐……!'

퍼뜩 떠오르는 이름.

"여. 운. 휘?"

탁휘룡은 대답 대신 묘한 웃음을 지었다.

"큭. 그때보다 지금이 훨씬 낫지 않나?"

"병신새끼."

"……!"

"넌 그때나 지금이나, 병신새끼야."

제제와 탁휘룡이 대화를 주고받고, 천마삼로와 암황사패가 제제의

바로 뒤에서 대치하고 선 상황이었다.

묘충은 혈영들의 숫자를 세어보다 기겁을 했다.

'가려진 인원까지 합치면 오십은 족히 된다!'

해남도에서 나올 때만 해도 이십여 명이었다.

수십 명에 달하는 혈영들과 환요, 게다가 실력을 가늠할 수 없는 혈마까지!

어쩌면 저들이 전부가 아닐지도 몰랐다.

그는 긴장된 눈으로 곧 벌어질 싸움을 지켜보는 은소란의 귀에 대고 뭐라고 했다.

그러자 은소란은 깜짝 놀란 눈으로 나직이 소리쳤다.

"저자는 혈왕의 제자입니다. 해남도 식구들을 죽이던 모습을 잊으셨습니까!"

"안다. 그러기에 가자는 것이다. 마벌주를 돕는 것보다는 해빈(海彬) 도련님을 찾는 편이 낫다."

"그럼, 마벌주를 설득했어야지요."

"아니, 우리만 간다."

"……!"

"너희 셋은 기회를 봐서 무조건 이곳을 벗어나라."

은소란은 목이 메었다.

그녀가 알고 있던 묘충은 어디론가 사라지고 없었다.

간신히 입을 뗐다.

"묘 호법님, 다시 한 번 생각해 보세요."

"내겐, 해남도 천 명의 식구 목숨보다 소중한 건 아무것도 없다."

"그래도 목숨을 구해준 은인이잖습니까."

“하북성으로 곧장 갈 줄 알았지, 누가 범굴에 얼굴을 들이밀 줄 알았느냐. 혈마를 기다리고 있었던 게야, 우리를 미끼로.”

은소란은 고개를 저었다.

“그렇지 않습니다. 전 못 갑니다.”

“너는 어려서부터 해빈 도련님을 모시고 싶어했어. 소란아, 그분만이 해남도를 구할 수 있다. 그렇게 되면 너는 해남도 주인의 아내가 되는 것이다.”

“…….”

묘충은 망설이는 은소란의 결정을 믿어 의심치 않았다.

전 해남도주 해천월이 대공이란 자에게 패해서 죽은 이후, 이 년 동안 해남도에는 싸움이 그칠 날이 없었다.

후계자 자리 때문에 형제 간에 싸움이 일어났고, 외부에 도움까지 청하는 어리석은 자도 생겨났다.

해남도가 엉망진창이 된 것은 불문가지.

묘충과 은소란이 해남도를 빠져나온 이유가 거기에 있었다.

해남도의 진정한 주인, 대공자 해빈을 찾아 해천월의 유지와 물건을 전하기 위해서였다.

해빈만 찾으면 모든 문제는 사라진다!

물론, 묘충 혼자만의 생각이었다.

해빈이 해천월의 원정내단과 천원건곤신공의 최후초식을 익힌다 해도 과연 대공의 상대가 될지는 미지수였다.

은소란이 아직도 결정을 내리지 못하자, 묘충은 서둘렀다.

“너희들은 어서 소란이를 데리고 가거라!”

다른 두 미녀가 급히 은소란을 잡아끌었지만, 그녀는 쉬이 발걸음을 떼지 못했다.

'이런 건 아니야.'

그때, 그녀의 눈에 믿어지지 않는 장면이 들어왔다.

"이것이 천마신공이다!"

제제의 옷 위로 빛을 뿌리던 묵광이 일어났다.

탁휘룡이 만들어낸 지배 공간을 향해 밀려간 것이다.

구궁—

물감처럼 주위 사물을 흑백으로 만들던 제제의 묵광이 더 이상 나아가지 못하고 무언가에 가로막혔다.

지그그— 극—!

"그 정도로는 어림없다. 후후후."

탁휘룡은 어렵지 않게 제제의 힘을 막았다. 그리고는 눈을 크게 뜨며 지켜보고 있는 홍의 궁장 여인을 향해 소리쳤다.

"일제히 공격해!"

"예!"

뾰족한 소리와 함께 홍의 궁장 여인과 혈영들이 빠르게 제제를 향해 움직이자 천마삼로와 암황사패도 제자리에서 사라졌다.

혈영 오십여 명이 일제히 갈라지며 붉은 물결이 모두 두 방향으로 나뉘었다.

제제는 혈영들 때문에 순간적으로 탁휘룡을 놓치고 말았다.

'엇, 어디 갔지?'

탁휘룡은 벌써 사라지고 없었다.

인상을 찌푸리며 달려드는 혈영들을 향해 손을 뻗었다.

“천마십이수!”

푸학—!

십여 명의 혈영이 신체의 일부분이 녹은 채로 바닥에 떨어졌다.

‘엄청나다!’

남궁엽은 제제의 신위에 감탄하며 잠시 한눈을 팔았다.

천마이로가 호통을 쳤다.

“놈! 어딜 보는 게냐!”

남궁엽을 향해 날아가던 혈영의 몸이 천마이로의 손짓에 의해 터져 버렸다.

푸학—!

“……”

그냥 내버려 뒀어도 남궁엽을 어쩐진 못했겠지만, 그래도 가슴을 쓸어내리지 않을 수 없었다.

눈을 돌리자, 다른 혈영들이 암황사패의 검과 도에 의해 잘려지는 모습이 눈에 들어왔다.

혈신체로 변한 홍의 궁장 여인은 망연자실한 표정으로 멈춰 섰다.

‘혈영들이 저렇게 쉽게…….’

천마삼로와 암황사패의 힘은 그녀의 상상 이상이었다.

그때,

‘응?’

기이한 느낌에 재빨리 고개를 들어 머리 위를 쳐다봤다.

“헉!”

허공에 떠 있는 남궁엽과 시선이 마주쳤다.

“제법이군.”

"어, 언제……."

그녀의 시선이 허공으로 간 사이, 혈영들의 비명이 들렸다.

"케에엑……!"

"컥!"

그녀는 눈동자만 옆으로 돌렸다.

스륵―

'……!'

몸이 터져 나가고, 잘려지는 혈영들이 보였다.

"잠시 한눈파느라 늦었다. 가거라."

"……!"

그녀의 고개가 막 허공을 향하려는 순간이었다.

번쩍!

갑자기 시야가 넓어졌으나, 중간 부분은 전혀 보이지 않았다.

눈이 양쪽으로 벌어진 탓이다.

이내 그녀의 시야에는 어둠만이 가득했고, 몸은 말을 듣지 않았다.

털썩―

잘려진 그녀의 몸 뒤로 남궁엽이 검을 거두는 모습이 보였다.

第五章
내공을 자르는 무공

사방 이십여 장은 족히 될 만한 정방형 공간.

천장에는 무수한 구멍이 나 있었고, 그곳으로 바람이 간간이 들어왔다.

중앙의 둥그렇고 넓은 거대한 돌 주위, 붉은 가사를 걸친 팔 인의 라마승이 허공에 반 자 정도 뜬 상태로 한 목소리를 내며 몸을 들썩였다.

"…가타… 하……."

"…류… 도… 반메……"

휘류류류—

오랫동안 그 자세를 유지했는지, 그들의 전신에서 수증기가 피어올랐다. 땀이 증발되며 일어난 현상이다. 시간이 흐를수록 팔 인의 몸에서 피어오르던 수증기는 붉은 안개로 변했고, 그 안개는 곧바로 거대한 돌 안으로 빨려 들어갔다.

휘류류─

“클클클.”

중앙 공간의 위쪽 수십 개의 구멍 중 한 곳에서 웃음소리가 흘러나왔다.

단 위에서 일어나는 현상을 매우 만족스럽게 바라보는 인영의 그림자는 무척 거대했다. 그의 뒤쪽으로 염소수염의 얄팍한 인상을 한 중년인이 걸어나오지 않았다면 불빛에 반사된 그림자라고 믿을 정도였다.

“천존, 곧 완성이 되는 모양입니다.”

염소수염의 중년인이 인영을 향해 고개를 숙이자, 불빛으로 나온 거대한 체격의 늙은 라마가 고개를 끄덕였다.

“공 호법, 사량겁화공은 참으로 묘하고도, 묘하구나. 본 천존이 바라는 반인반선의 경지가 곧 눈앞에 있음이야.”

염소수염의 공인후(公仁厚)는 다시 한 번 고개를 숙였다.

“감축드리옵니다.”

“모두 혈왕께서 도와주신 덕분이지.”

“서장에서 직접 가져오신 칠백 명의 깨끗한 숫처녀의 피가 아니면 이룰 수 없었습니다.”

“곧 팔존자는 열반으로 기쁨을 얻을 것이고, 나머지 사존자는 나로 인해 새롭게 태어나니, 어찌 기쁘지 아니하겠는가. 클크르르.”

공인후의 눈이 이채를 발했다.

그의 가래 끓는 목소리에 담긴 의미가 기쁨이란 것을 알기 때문이다.

‘나야 혈왕께서 시키신 일만 하면 그뿐이지만, 이 늙은 돼지는 정말로 신선이 된다고 믿는 건가?

늙은 라마는 서장 최고수라 불리는 발륵천존이며, 단 위에서 주문을 외는 여덟 명은 그의 제자들로, 서열 사위까지의 존자들에게 내공을 전하고 있었다.

발륵천존은 이제 곧 사존자는 무적의 강시가 된다고 믿었다.

'클클클. 강시가 된 후 삼십 일이라고 했겠다. 적무극, 당신이 알려 준 사량겁화공으로 사존자의 피를 흡수하면 나는 반인반선의 경지에 들게 된다.'

생각만으로 흥분이 되는지 안광을 빛냈다.

적무극이 이 방법을 알려주며 대신 소뢰음사의 다라패엽신공(多羅貝葉神功)을 달라고 했을 때는 의아했다. 소뢰음사의 최고 비전은 따로 있었기 때문에.

숫처녀 천 명의 음기를 흡수해야 대성할 수 있는 염라대수인(閻羅大手印)이 아닌, 다래패엽신공을 달라는 말에 주저없이 건넸다.

다라패엽신공은 방어 위주의 무공으로 강한 힘, 그것은 패도적인 무공에서만 얻을 수 있었다.

적어도 발륵천존은 그렇게 믿어왔다.

제자들인 십이존자를 모두 잃는다는 것보다 네 명의 무적강시를 얻는다는 생각이 먼저 든 것도 그 때문이다.

적무극이 이르길, 사량시가 완성되면 자신도 넷을 한꺼번에 상대하긴 벅찰 것이라고 했다. 그 말이 사실이든, 아니든 관계없었다.

발륵천존은 곧 완성될 사량시를 생각하며 다시 웃음을 흘렸다.

"클클클."

그때, 혈영 한 명이 다가와 염소수염의 사내에게 부복했다.

"공 호법님, 찾았습니다."

공인후가 어울리지 않게 굵은 목소리를 냈다.

"어디냐!"

"어이없게도… 다시 돌아왔습니다."

"뭐? 가보자."

움직이려는 공인후를 발륵천존이 느긋하게 말렸다.

"공 호법, 잠시 기다리게."

"……?"

"본 천존이 가보겠다."

"예?"

"이틀 동안 도망만 다니다가 되돌아왔다면 이미 그때 싸우던 사람들에 대해 파악이 끝났다는 얘기야. 시간을 끌 필요가 없음이지."

공인후는 항상 웃는 얼굴이던 발륵천존의 얼굴이 약간 굳어 있는 걸 볼 수 있었다.

혈영전사를 대동한 채 곧장 그의 뒤를 따랐다.

청년은 건너편 봉우리에서 동굴의 입구가 보일 때까지 허공으로 치솟았다.

쉐에엑—

아래쪽에는 이틀 동안 집요하게 쫓아오던 혈영전사 셋의 시체가 널브러져 있었다.

어느새 청년의 키만큼이나 큰 궁이 어깨에서 흘러내리며 앞쪽으로 머리를 틀었다.

쉭—

청년은 한 손은 궁을, 다른 한 손은 화살도 없는 시위를 당겼다. 주욱 늘어나면서 궁에서는 그그극거리는 소리가 났다.

이내 반월처럼 크게 휜 궁이 숨을 한껏 들이마시듯 팽팽해졌다.

그리고는 곧바로 사자후를 터뜨리듯이 무언가를 뱉어냈다.

쾌에엥―!

휘었던 궁이 원래의 형태로 돌아오는 것과 동시에 번갯불 모양의 빛 덩어리가 동굴을 향해 날아갔다.

쿠오오―

"이번엔 중들인가?"

동굴에서 나온 붉은 가사의 라마승들이 진을 이루며, 청년이 날린 빛 덩어리를 향해 공격을 퍼부었다.

콰쾅―!

"케에엑……!"

퍼버벅.

청년의 빛 화살과 부딪친 라마승들은 거짓말처럼 일제히 날아가 벽에 부딪쳐 즉사했지만 청년의 표정은 밝지 않았다.

라마승들을 죽인 것 따위는 애당초 신경도 쓰지 않은 것이다.

동굴 입구가 무너졌어야 하건만, 늙고 거대한 체격의 라마승이 빛 덩어리를 양손으로 이리저리 떡 주무르듯이 만지는 모습을 본 까닭이다.

"당신은 누구지?"

"클클클. 그저 불쌍한 중생을 구제하러 왔다고 여기는 것이 편하느니."

"당신부터 구제해 보시지."

말이 끝나는 것과 동시에 청년은 연달아 세 번에 걸쳐 시위를 당겼다.

피피피융―

세 개의 빛 덩어리는 곧장 발륵천존의 머리, 심장, 단전을 향해 날아갔다.

"들은 것처럼 어리석지는 않구나. 활을 가진 놈이 근접전으로 당했다고 해서 쉽게 생각했느니. 하나 먼 곳이라도 본 천존을 어쩔 수 없음이니라. 염라대수인!"

발륵천존은 오밀조밀하게 공기를 압축한 후 허공을 때렸다.

이는 상대의 공격을 가두기 위한 공격이었고, 정작 제대로 된 공격은 거대한 손도장에 집중시켰다.

과우우웅―

청년의 강직한 눈에서 불꽃이 튀었다.

티디딕―

청년의 귀에만 들리는 것처럼 무형의 강기 화살이 끝까지 제 속도를 유지하지 못하고 느려졌다.

"……!"

우연히 혈영들이 아이들의 몸을 터뜨리는 걸 보고 달려든 것이 며칠 전이었다.

지원군을 데려왔으리라고는 생각지도 않았다.

'잠시 몸을 피한 것이 천만다행이었구나. 저 늙은 돼지를 며칠 전에 만났다면 낭패가 아니라, 목숨의 위협을 받았으리라.'

절로 긴장한 눈이 됐다.

그런 청년을 바라보며 발륵천존은 타이르듯이 말했다.

“이보게, 젊은 시주. 본 천존이 살려줄 테니 도망가게나.”

긴장하던 청년의 입에서 허탈한 웃음이 터져 나왔다.

“하하하! 어처구니가 없군. 내가 바로 천궁무백의 아들 곽명이다!”

오 년이란 스무 살의 소심한 청년을 완전한 사내대장부로 만들기에 충분한 시간이었다.

가슴 펴고 당당하게 외친 곽명이 다시 공격을 하려 할 때, 귀로 민감한 소리가 들렸다.

싯―

‘……?’

누군가가 뒤에 나타난 것이다.

곽명은 뒤를 돌아보지 않은 채 발륵천존의 눈을 응시했다.

그의 시선… 곽명을 보던 눈동자가 위로 올라갔다.

‘제길!’

곽명은 천근추를 시전하며 무서운 속도로 몸을 떨어뜨렸다.

콰욱―!

떨어지면서 재빨리 위를 쳐다봤다.

‘넷.’

공인후와 세 명의 인물이 무서운 속도로 내려오고 있었다.

멀리서 발륵천존의 목소리가 들려왔다.

“공 호법, 멈춰야 하느니!”

공인후는 못 들은 척 삼호법과 함께 손을 썼다.

곽명은 속이 탔으나, 일단은 네 명의 공격을 막는 것이 우선이기에 들고 있던 궁을 어깨 뒤로 원위치시켜 놓았다.

멀리서 그 모습을 바라보던 발륵천존의 눈에 이채가 발해졌다.

‘궁을 치워?

궁을 뒤로 돌린 곽명이 주먹을 쥐자, 그의 궁금증은 곧 풀렸다.

물 담긴 가죽 주머니를 움켜쥐면 저럴까.

곽명의 손에서 뾰족한 빛 화살[光놋]이 모습을 드러냈다.

발륵천존은 기겁을 하며 외쳤다.

“강기의 형태를 변화시켰다!”

일반 강기무공을 펼칠 때보다 훨씬 강한 빛이 삽시간에 곽명의 주위로 퍼졌다. 아니, 막 퍼지려는 순간,

콰압.

공인후를 제외한 세 호법이 곽명의 손에서 강기가 빠져나오지 못하도록 막았다.

그 시기가 너무 적절해서 곽명은 순간적으로 거두지도 내보내지도 못하는 상태가 되어버렸다.

엎친 데 덮친 격인가.

날아오는 공인후의 모습이 눈에 들어왔다.

질끈!

곽명은 눈을 감은 상태에서 모든 공력을 손아귀에 집중시켰다.

‘터져라!’

쿠— 우— 웅—!

“엇, 저 빛은 뭐냐!”

공인후는 급작스럽게 터져 나오는 빛무리에 놀라, 원하던 순간을 놓치고 말았다.

획.

“응?”

이미 공인후 등이 공격하기 시작할 때 발록천존은 움직였다.

그 정도의 시간이라면 발록천존과 같은 고수에겐 도착하고도 남을 만한 시간이었다.

솜처럼 부푼 곽명의 강기 막과 염라대수인이 충돌했다.

쾅—!

강기 막에 금이 가더니 급기야는 깨지고 말았다.

"커흑!"

안쪽에서 비명이 터져 나왔고, 뒤이어 발록천존의 놀란 음성이 이어졌다.

"비켜야 하느니!"

발록천존은 누군가를 향해 크게 외친 후 다시 손을 썼다.

"컥!"

또다시 곽명이 아닌 엉뚱한 비명이 터졌다.

거대한 먼지구름이 피어오르는 곳에서 약간 떨어진 나무 위.

풍호가 정신을 잃은 곽명을 안고서 장패기와 철대랑과 함께 서 있었다.

철대랑은 의아한 얼굴로 곽명을 가리켰다.

"누굽니까?"

"클. 노부가 어찌 알겠느냐. 주군께서 데리고 있으라 하니, 있을 뿐이지."

"어리네……."

조금 전에 보여준 무위를 감안하고 중얼거린 말이었다.

풍호는 철대랑의 말에 고개를 끄덕이며 주위를 돌아봤다.

인적이 드문 곳이다. 주의를 끄는 건물도 없고, 산세도 험하지 않아 눈에 띌 염려는 하지 않아도 될 것 같았다.

그러나 본거지랄 수 있는 곳의 건너편까지 오는 동안 아무런 제지도 받지 않았다.

"꼬마들이 한 말에 너무 신경을 쓴 건가."

장패기도 풍호와 같은 생각을 했는지, 고개를 갸웃거렸다.

"그러게요. 맥이 빠지는데요?"

"흠, 저 늙은 돼지만 빼면 네 녀석 혼자서도 무난할 것 같구나."

"엑! 늙은 돼지만 빼면……?"

"발끈하기는. 자신없으면 자신없다고 하면 되잖느냐."

"으이구, 하여간……."

"뭐, 운이 좋으면 비길 수는 있겠다. 껄껄껄."

"맘대로 생각하슈."

"자신없구나?"

"아, 맘대로 생각하라구요!"

말을 끝낸 장패기가 고개를 획 돌려 버렸다.

풍호의 말을 끊기 위해서였다.

좀 더 말을 받았다가는 열불이 뻗쳐서 이보반을 잡고서 나설 것 같았기 때문이다.

그때, 정신을 잃었던 곽명이 신음 소리를 냈다.

풍호가 재빨리 상처 부위를 살피며 물었다.

"정신이 드는 게냐?"

"……."

발특천존의 공격에 강기 막이 깨진 것까지는 기억이 났다, 또 자신을 구해준 사람이 여인인 것도.

"그 여자 분은……."

"저 아래서 열심히 너 대신 싸우고 있잖느냐."

'아래… 나, 대신?'

곽명은 그제야 자신이 나무 위에 있다는 사실을 깨달았다.

쾅. 쾅.

곽명이 싸우던 장소에서는 아직도 폭음이 터지고 있었다.

"으헛!"

발륵천존은 무혼을 향해 뻗었던 손을 급히 거두었다.

후웅—

날릴 머리도 없는 이마에 찬바람이 느껴졌다.

"……!"

섬뜩한 예기가 그의 신경을 긁고 지나갔다. 손을 거두지 않았으면 낭패를 면치 못했으리라.

진의십이천 중 다섯 명의 진기를 자른 힘이었다.

악성이 어느새 무혼검을 든 채로 그의 앞에 나타났다.

"시주는 뉘신가."

"이곳에 있는 사람은 저들과 당신뿐이오?"

발륵천존을 똑바로 바라보며 아무렇지도 않게 대답했다, 마치 당신 정도는 알 자격이 없다는 듯.

젊다. 그리고 조금 전의 오싹한 예기를 날린 장본인이란 생각이 들지 않을 만큼 너무 평범해 보였다.

지금이다.

머릿속에서 자꾸만 손을 쓰라고 알려주었다, 당장 피 떡으로 만들고 제자들에게 가보라고.

"갈!"

거친 일성이 끝나기도 전에 염라대수인의 크기는 최고조에 올랐다.

콰웅―

두 사람의 거리는 삼 장 정도.

그러나 발륵천존의 한 걸음에 지나지 않은 거리였다.

훅―

도착하기도 전에 먼저 풍겨오는 기운이 악성을 웃게 만들었다.

행동이나 말투는 사이(邪異)해도 무공은 의외로 정심한 듯했다.

악성은 풍호의 반야무극수와는 또 다른 형태의 공격에 무혼검에 힘을 집중시켰다.

쾅―!

"……!"

오 년 전의 악성이었다면, 충분히 심장이 **뻑뻑하게** 만들 만큼 강한 공격이었으나, 이제는 악성을 물러서게 하려면 그보다 열 배는 강해야 했다.

당연히 큰소리 친 발륵천존의 얼굴이 해쓱해졌다.

"이건 말이 안 되느니!"

산산조각이 날 줄 알았던 악성의 무혼검이 부서지기는커녕 멀쩡하지 않은가.

욱하고 치미는 화를 참지 않고 다시 한 번 힘을 썼다.

콰웅―

그러나 힘으로 공격하는 상대를 똑같이 힘으로 누르는 것은 미련한 짓이다.

악성은 진의십이천 다섯의 진기를 자를 때처럼 염라대수인의 육장과 부딪치는 순간, 검을 돌려 기운을 흐르게 만들며 곧바로 무혼검의 날을 세워 그의 손바닥으로 파고들었다.

쉭—

"헉!"

충돌에 의해 밀렸다면 이렇게 황당하지는 않았을 것이다.

딱딱한 돌을, 물먹은 솜처럼 만드는 무공이 있다는 소릴 그는 들은 기억이 없었다. 하지만 그 역시 녹록한 고수는 아니었다.

파고드는 무혼검의 날을, 육장을 접어 잡은 후 그대로 눌러 버렸다.

악성은 발륵천존의 웅변에 감탄했다.

적어도 진의십이천 다섯을 합친 것보다 강한 자였다.

재빨리 무혼검을 빼내며 물러서려 할 때, 발륵천존의 눈에서 이채가 발해졌다. 악성의 그 모습을 절호의 기회로 여긴 것이다.

'어딜!'

그는 방금 전의 충돌에서 자신이 물러섰다는 것을 잊어버렸다.

오로지 염라대수인으로 고철 조각에 불과한 무혼검을 박살 내겠다는 생각 외에는 없었다.

구웅—

악성이 파리라도 되는 듯, 손바닥 양쪽으로 납작하게 만들 것처럼 거대해진 손을 힘껏 닫았다.

콰콰콰쾅—!

무혼은 연달아 허공에서 네 번이나 주먹과 발을 뻗어 공인후 등을 원래의 자리로 돌아가게 만들었다.

움직이지 말라는 경고의 의미였다.

공인후는 멍한 표정의 무혼을 뚫어져라 응시했다.

발륵천존의 제자들을 강시로 만드는 작업을 자청한 그였다.

무혼은 강시인 것이다.

세 호법 역시 눈치 챈 듯 공인후를 돌아봤다.

"맞소. 정말 대단하다는 말밖에 할 말이 없는 물건이오. 저런 물건을 만들어낸 자가 있을 줄이야……."

공인후도 순순히 동의했다.

"나도 그렇게 생각하오. 아직 보지는 못했지만, 진의맹의 흑강시와 주군께서 만드신 사량시를 제외하면 가장 완벽한 강시가 아닐까 싶군."

세 호법 중 누구도 반박하는 사람이 없었다.

공인후는 너무 조용한 것이 이상한지, 무혼의 어깨너머로 발륵천존을 쳐다봤다.

허공에 떠 있는 발륵천존의 얼굴에 웃음이 가득했다.

'저놈은 곧 죽겠고, 이 강시의 주인이 문제군.'

무혼의 주인이 악성일 리가 없다는 생각으로 다시 고개를 돌리려 할 때였다.

번쩍!

'응?'

악성의 손에 있던 무혼검에서 빛이 흘러나왔다.

빛이 반사됐겠지.

그러나 지금은 구름이 해를 가리고 있었다.

‘그럼, 저 빛은 뭐지?’

인공적으로 만든 빛이란 걸 깨달은 순간, 공인후의 머릿속으로 칼날 지나가는 소리가 들렸다. 아니, 반드시 그런 소리가 났을 것 같은 환영이 보였다.

발륵천존의 거대한 손도장이 반으로, 다시 반으로… 마지막에는 세로로 쪼개지는 것이 보였다.

“……!”

일순 공인후는 자신도 모르게 항문을 바싹 조였다.

툭—

푸줏간에서 매달린 고기가 떨어지듯 발륵천존의 신형이 떨어졌다.

“컥!”

발륵천존은 전력을 다해 쏟아낸 진기가 허공으로 흩어지는 걸 느끼며 허무한 눈이 됐다.

“지, 지금 펼친 무공이 뭐냐.”

“일위강. 아마도 한동안은 움직이기 쉽지 않을 것이오. 당신의 내공을 잘랐으니까.”

‘내… 내공을 잘라?’

악성의 표정에는 일말의 거짓도 없어 보였다.

발륵천존은 자신이 알고 있는 상식을 총동원하여 악성의 말을 해석하려 했다. 그러나 아무리 비슷한 무공을 떠올리려 해도 그런 황당무계한 무공은 읽은 적도, 들어본 적도 없었다.

“일위강이란 무공은 들어본 적 없다.”

“당연하오. 일위강을 알고 있었다면 오히려 내가 놀랐을 테니까.”

'모르는 것이 당연하다는 뜻인가?'

발륵천존의 눈동자가 쉴 새 없이 흔들렸다.

오래전에 실전된 무공을 익힌 것 같았다.

처음 접하는 형태의 무공이라면 아무리 대단한 고수라도 당황하기 마련이다. 더구나 지금처럼 언제 목숨을 잃을지 모르는 상황이라면 더욱더.

신중에 신중을 기하기 위해 몇 가지 더 질문을 던지려 했으나, 악성이 말을 잇는 바람에 귀를 바짝 세워야 했다.

"저 사람들이 계속해서 당신과 저 동굴을 번갈아 쳐다보더군. 혈영들이 우리를 어쩌지 못한다는 것을 알면서도 불러내는 것도 수상하고. 저 안에 뭐가 있소? 아이들을 죽여 그 피로 무엇을 하는지 알아야겠소."

"……!"

발륵천존의 입 언저리가 씰룩거렸다.

아이들을 도망치게 내버려 두는 것이 아니었다. 아니, 곧 잡아들일 거라고 호언장담하는 공인후의 말을 믿는 것이 아니었다.

진기가 다시 보충될 때까지는 시간이 필요했다.

악성의 어깨너머로 놀란 눈의 공인후가 보였다.

발륵천존은 눈짓으로 백여 명은 족히 될 혈영들을 가리켰다, 공격하게 하라는 뜻.

공인후의 눈이 납작해졌다.

그제야 발륵천존이 허리를 펴며 크게 숨을 쉬었다.

'혈왕은 말했다, 나, 발륵천존이 혈왕 다음으로 강자라고. 제자인 탁휘룡만이 상대할 수 있다고. 한데 이게 뭐냐!'

잃어버린 내공은 조금만 지나면 회복되리라.

동굴 안에만 들어가면 된다.

그렇게만 되면…….

*　　　　　*　　　　　*

모대건은 악성의 손에서 도망친 후 단목천승을 찾아 진의맹 이곳저곳을 찾아다녔다. 그러나 어이없게도 그의 비녀조차 행방을 모르는 것이 아닌가.

진의칠전이 자신들의 수호시와 함께 있는 모습을 본 것은, 칠왕이 부른다는 장소로 갔을 때였다.

이미 어느 정도 얘기가 끝난 상태인지, 들어서는 모대건을 향해 곧바로 본론을 꺼냈다.

"강시까지 잃고 왔다는 소린 들었다."

"……."

"은하련이 정식으로 우리 진의맹을 견제하고 나선 모양이다. 그렇지 않고서야 섬서성에 있다는 걸 공공연하게 알리지 않았겠지. 해서 그들에게 정보를 제공하는 사망적혈단부터 없애기로 결정했다."

"단목 맹주님의 허락을……."

"그분은 잠시 폐관 수련에 들어가셨다."

'그분… 칠왕이 아무리 아리대부인과 관련이 있다고 해도 맹주님을 그분이라고 칭할 정도였던가?'

의아했다.

생각해 보니, 이들과 단목천승이 함께 있던 적이 없다는 것도 떠올

랐다. 뭔가 이상한 기류가 흐르고 있음을 감지했으나, 표정으로는 그
냥 이상하다는 듯이 고개를 갸웃거리고 말았다.

모대건의 안내로 이틀을 내리 달린 칠왕과 진의칠천은 계곡을 건너
도록 놓여 진 통나무 다리 앞에서 멈춰야 했다.
건너편에서 이쪽으로 건너기 위해 서 있는 청년 때문이다.
붉은 눈썹에 붉은 머리칼이 기이한 분위기를 연출했다.
건너려는 모대건을 제지시킨 사람은 일왕이었다.
통나무 다리 이쪽과 저쪽이 대치 상태가 됐다.
한 명의 애송이를 상대로 칠왕과 진의칠천이 대치한다?
어디 가서 말도 못 꺼낼 얘기였다.
일왕 역시 마찬가지 심정이었는지, 최대한 감정을 드러내지 않고 입
을 열었다.
"길을 비켜라!"
계곡이 '쩌렁!' 하고 울릴 정도로 엄청난 목소리였으나, 적발의 청
년은 개가 짖느냐는 듯 하늘만 바라봤다.
모대건이 보기에는 좀 특이한 무공을 익혀 털 색깔이 붉어진 것 같
다는 것 외에 특별한 구석이 없어 보였다.
그러나 칠왕이 모두 긴장하고 있었다.
'저놈도 악성이란 놈만큼이나 고수는 아니겠지?'
다리 건너편 적발청년의 정체를 모른 것이 모대건에겐 천만다행이
었다.
그가 바로 혈왕 적무극이기 때문이다.
삼십 년을 숨어 지내면서도 끊임없이 암중으로 세력까지 만든 인물

이 그었다.

사문에 심어놓은 부하에게 연락이 왔다, 뇌정우가 이상해졌고 마엽이 사문을 떠났다는.

기회라 여기고 모든 전력을 밖으로 끌어내고 있는 중이다.

일예로 발륵천존과 사량시가 그것이다.

아마도 일왕의 무공이 일행 중에 가장 높아서 적무극이 경고하는 예기를 느꼈던 모양이다.

묵묵부답이던 적무극이 시선을 내렸다.

"내가 먼저 도착했으니, 너희들이 비켜야 할 것 같은데?"

"……!"

모대건이 발끈했다.

"저런 무지몽매한 놈!"

일왕은 모대건의 음성에 깜짝 놀라 돌아봤다.

잘했다는 듯이 고개까지 치켜드는 모대건을 향해 욕이라도 퍼붓고 싶었다.

적무극은 시선만 돌렸을 뿐인데도 다리 건너까지 욱죄어오는 예기를 뿜어낼 수 있는 고수였다.

모대건이 또다시 뭐라고 욕을 할 기세다.

일왕이 먼저 그의 말을 자르며 입을 열었다.

"모대건."

"제가 처리하겠……."

"입 다물어."

"……!"

일왕의 음성은 충분히 무거웠다.

그러나 이미 모대건은 말을 꺼냈고, 그 말을 적무극이 듣지 못했을
리 없었다.

"후후후."

분명히 나직이 웃는 것 같았으나, 다리 건너 일왕의 귀에는 천둥소
리가 되어 들렸다.

"……!"

적무극의 붉은 눈썹 한쪽이 미미하게 움직이는 것이 보였다.

그러자 일왕은 아찔한 생각이 들었다.

사람의 신체 일부가 움직였다고 왜 통나무 다리가 진동을 하며, 계
곡이 곧이라도 무너질 것처럼 요동을 치는가.

꿀꺽—

마른침이 절로 넘어갔다.

적무극은 앞으로 한 발을 내디뎠다.

"본왕한테 욕을 할 정도의 배짱만큼 실력이 있는지 보자. 재주껏 피
해라."

쿵—!

"……!"

멀리서 적무극의 행동을 지켜보던 일왕의 눈이 부릅떠졌다.

쩌저저적—!

통나무 다리 안으로 뭔가 파고든 것처럼 세로로 쫙 갈라지는 것이
아닌가.

그때였다.

일왕 등이 있는 뒤쪽에서 다급한 외침이 터졌다.

"안 돼!"

'돼' 라는 소리가 끝나기도 전에 한 인영이 믿어지지 않는 속도로 통나무 다리에 내려서는 것이 보였다.

쉭—

일왕은 아무런 기척도 없이 날아든 인영을 뚫어지게 쳐다봤다.

'저건 또 뭐냐!'

역시나 붉은 눈썹의 청년처럼 처음 보는 얼굴이었다.

팟.

통나무 다리에 올라 선 인영은 힘껏 몸을 띄웠다.

붕—

적무극의 눈에 이채가 떠올랐다.

'처음 목소리가 들렸을 때는 오십여 장 밖이었거늘, 순식간에 다리까지 건넌다?'

인영은 도약을 하느라 몸이 열린 상태였다.

재미있는 것은 적무극이 세로로 쪼갠 통나무 다리 중 얇은 조각을 밟고서 무려 오십여 장을 날았다는 것이다.

적무극은 흥미로운 시선으로 공중에 떠 있는 그를 쳐다봤다.

그 역시 아래쪽을 내려다보고 있다가 적무극과 눈이 마주쳤다.

"하하하. 세상을 오 년 만에 다시 나왔는데 쪽팔리면 안 되지. 그렇지 않아, 붉은 머리 친구?"

'붉은 머리 친구?'

혈왕 적무극이 졸지에 친구가 되어버린 순간이었다.

너무 어이가 없으면 웃음이 나온다고 하던가.

"후후후. 친구라……."

"나, 위지무가 세상에 나온 기념으로 그냥 가는 것이니, 하던 일이나 마저 하라구. 하하하!"

'위지무?

철완을 따라 정천을 떠났던 위지무가 다시 세상에 나온 것이다.

현월의 기운이 얼마나 지독했는지, 철완은 시체도 제대로 간수하지 못하고 죽었다.

위지무가 도착한 곳은 철완의 사문인 음양선부였다.

음양노인은 선도(仙道)를 추구하는 선인을 따라서 처음 이곳에 정착하게 됐다고 했다.

음양의 조화에 눈을 뜨기 전까지는 선인지로를 꿈꾸던 선인일 뿐이었다. 그러나 관심은 무공으로 이어졌고, 결국 몸속에 있는 음양의 조화를 느끼는 경지에 이르고 말았다.

인간은 생(生)과 사(死)의 기운을 똑같이 지니고 태어난다. 자라면서 생보다 사의 기운이 커지기에 늙음이 오고, 노쇠함이 오는 것이다.

그러나 그것은 어디까지나 순리일 뿐, 반드시 그렇다는 건 아니다. 자꾸만 안 된다고 하면 더욱 알고 싶어지는 것이 인간의 마음. 음양노인은 곧바로 사를 멸하고, 생을 살리는 연구에 들어갔다.

그의 나이 백오십이 되어서야 사의 기운을 몸속에 가둘 수 있는 공간을 마련할 수 있었다. 마련만 한 그의 노력을 실천에 옮긴 것은 말할 것도 없이 후대의 제자들이었다.

비록 책자로 남겨진 것이었으나, 그 안에 담긴 깊은 음양의 이해는 상상을 초월했다.

철완이 지니고 있던 아홉 개의 생명 중에 하나를 받아서 이미 기초가 잡힌 위지무. 어렵지 않게 아홉 개의 공간을 몸속에 둘 수 있었다.

당연히 구유음양수를 대성할 수 있었던 것은 물론, 음양경까지 자신의 것으로 소화하게 됐다.

음양노인이 남긴 구유음양수와 음양경을 모두 대성하게 되면, 아마도 아홉 개의 공간을 하나로 만들 수 있는 경지까지 도달하는 것은 시간문제일 것이다.

오 년 동안 음양노인이 남긴 비급을 공부하며 깨달은 한 가지.

모든 것은 역(逆)으로 시작해서 역으로 끝남을 명심해라. 순(順)은 곧 아서 막히면 멈추지만, 역은 드세서 막히면 뚫는다. 이 말의 깨달음을 얻으면 어마어마한 힘을 얻으리라.

드디어 악성을 보좌할 준비가 끝난 것이다.

당연히 지금 위지무의 상태는 한껏 고무되어 있었다.

오 년 전과 하나도 변하지 않은 위지무의 마음을 알았다면, 일대의 종사로 성장할 것이라 믿은 철완이 입에 거품을 물고 쓰러졌으리라.

실전을 위해 담사우를 찾아가는 중이었다, 적미적발의 청년이 누구인들 뭐가 대수이겠는가.

적무극은 슬쩍 시선을 내리깔며 위협이라도 하듯이 장난스럽게 눈을 부라리는 위지무의 얼굴을 보며 헛웃음을 터뜨리고 말았다.

"하하하."

위지무의 신이 나 죽겠다는 생각을 읽은 모양이다.

그냥 지나치려던 위지무가 적무극을 돌아봤다.

마치 재미난 동물을 봤다는 듯한 눈이 괘씸했다.

그러나 지금은 담사우를 만나러 가는 것이 순서잖은가.

통나무 다리 하나 건너지 못하는 허섭들을 향해 한마디 날려주고는 속도를 냈다.

"도망가는 게 신상에 이로울 거유. 킥킥킥."

위지무는 순식간에 뒤를 가로막은 절벽에 다다랐다.

막 부딪치려는 순간.

가볍게 벽을 발로 미는 동작을 취하자, 위지무의 신형이 절벽 위로 곧장 솟구쳤다.

쉭―

깜빡깜빡, 두 번 눈을 감고 뜬 사이에 일어난 일이었다.

적무극은 계속해서 웃음을 잃지 않았으나, 건너편에 있는 일왕 등은 그렇지 못했다.

위지무가 보여준 신법도 신법이지만, 적무극이 손을 쓰지 않은 것이 마음에 걸렸다.

일왕의 머릿속이 복잡해졌다.

위지무처럼 건너 버려?

적무극의 한 수만 막아내면 어찌해 볼만도 할 것 같았다.

"모대건, 강시들을 저자에게 보내라."

"강시들만 말입니까?"

끄덕.

"알겠습니다."

모대건은 진의칠천에게 다가가 뭐라고 말을 건넸다.

강시들만 적무극을 공격하도록 하자는 말을 적무극이 듣지 못했을 리 없었다.

그러나 그는 여전히 웃기만 했다.

마엽의 행적을 안 뒤로 마음에 여유가 생긴 탓이다.

눈앞에서 일을 꾸미는 일왕 등의 행동이 너무 우스웠다.

우연히 만났다고 여기리라.

마엽이 없는 진의맹을 어떻게 처리할지 결정하기 위해 기다리고 있었음을 모르는 것이다.

드디어 복수할 기회가 왔다, 그것도 아주 잔인하게 되돌려줄 시기가.

'마엽, 도대체 무슨 일을 꾸미고 있느냐. 마마천황의 후예 중 한 놈이 겨우 이런 놈들과 함께 있겠다는 거냐? 네가 진의맹에서 뭘 원하는지 알아내 주마.'

第六章
제제, 천마신공을 대성하다

묘충은 사람들의 신경이 싸움에 집중되어 있는 틈을 타서 자리를 벗어났다.

은소란이 제제와 탁휘룡을 가리키며 조금만 기다려 보자고 했으나, 탁휘룡이 어떤 자인지 잘 아는 그로서는 지체할 수 없었다.

혹시라도 흔적이 남을까, 조심스럽게 반나절을 도망쳤다.

싸움의 결과야 어떻게 됐든, 무조건 해빈을 만나기 위해 달려야 했다.

"곧 강가가 나온다. 배를 타면 소주를 만날 수 있다. 서두르자."

은소란이 갑자기 멈춰 서며 한숨을 내쉬었다.

"묘 호법님, 전 더 이상 못가겠습니다."

"쓸데없는 소리하지 말고 따라와!"

묘충의 급한 마음을 왜 모르겠는가.

그러나 해남도에서 나와 지금까지 도망만 쳤다.

"아뇨, 전 더 이상 못가겠습니다."

"뭐?"

"마벌주께서 그자를 물리치셨을지도 모르잖아요. 이대로는 그들을 피해서 도망만 다니게 됩니다. 돌아가서……."

"은혜는 언제고 갚을 수 있지만, 소주를 만나지 못하면 은혜도, 복수도 없다. 그리고 무림은 해남도와 다르다. 비정한 곳이야."

"저는 아직 해남도인입니다."

"그만! 마벌주란 여인이 해남도의 천여 생명보다 중하다는 말이냐! 만약이라도 그렇게 생각한다면, 내 두말없이 보내주마."

"……."

묘충은 굳이 대답을 듣지 않아도 은소란이 어떤 결정을 내릴지 확신했다. 아니, 그가 원하는 결정을 내릴 수밖에 없도록 만들었다는 것이 옳았다.

그러나 은소란의 입에서 나온 대답은 전혀 의외였다.

"빈 도련님을 만나면 달라지나요?"

"뭐라고!"

"처음에는 몰랐어요. 그러나… 이제는 알 것 같아요. 빈 도련님께선… 해남도에 관심이 없으신 거예요. 관심이 있으셨다면! 우리가 알아서 찾아오도록… 만들지 않으셨어야 해요."

은소란은 울먹이면서도 할 말을 끝까지 했다.

"네가… 네가 겨우 그 정도밖에 안 되는 아이였더냐? 해남도에서 벌어진 일을 소주께서 무슨 수로 아시겠느냐. 네가 힘든 거 다 안다. 하지만 소주만 만나면… 휴우, 소주께 너를 추천한 내가 부끄러워지는

구나.”

“……!”

은소란은 지금껏 해남도에서 벗어나 본 적이 없었다.

그녀의 삶의 기준은 해남도… 아니, 해남도에서 짝을 이뤄 평생을 살아야 할 남자한테 맞춰져 있었다.

그런 그녀가 자신의 의지로 묘충의 뜻을 어기려하고 있었다.

급기야는 이를 악물고 해서는 안 될 말을 꺼냈다.

“제가… 부끄러워지셨다면 죄송합니다. 하나 이런 마음을 갖고 빈 도련님을 뵙는다면, 평생 동안 죄책감에 시달릴 것입니다. 이걸 돌려 드리겠습니다.”

“정녕!”

은소란은 묘충의 부들부들 떨리는 눈을 보지 못하고 품속에서 작은 옥합을 꺼내 건넸다.

묘충의 눈빛에 순간적으로 살기가 흘렀다.

그는 제제를 떠올렸다.

냉정한 눈빛과 엄청나게 강한 수하들을 거느린 여인.

은소란이 같은 여인으로서 동경할 만한 모든 조건을 갖춘 여인이었다. 단지 무공이 강하다는 이유만으로는 설명이 되지 않을 무엇이.

그의 말투가 수그러들었다.

“그 여인은 탁휘룡을 피할 능력이 충분하다. 네 걱정은 기우야. 그녀를 걱정할 시간에 서둘러 소주를 찾자는 내 뜻이 뭐가 나쁘다는 게냐.”

조금 전에는 도망치는 것이 상책이라고 하더니… 손바닥 뒤집듯 쉽게 말을 바꾸는 묘충의 모습이 너무도 실망스러웠다.

"네 마음이 아직 여려서 그렇다. 신경 쓰이는 것도 당연하겠지. 하지만 내 장담컨대 그 여자는 무사하다. 자, 이건 도로 집어넣어라. 소주를 뵌 후에도 지금과 같은 마음이라면 반드시 그 여자를 찾아보마."

묘충은 은소란이 충분히 긍정적으로 들었을 것이란 확신을 했다. 그러나 은소란은 그 모습이 왜 그리 가식적으로 보이는지 몰랐다.

"저는… 은혜를 받았으면 반드시 갚으라고 배웠습니다. 마벌주님이 아니었으면 저희는 벌써 객지에서 고혼이 되고 말았을 거예요."

처음에는 굳은 얼굴로 듣고 있던 묘충, 급기야는 참지 못하고 붉으락푸르락한 얼굴로 버럭 소리를 질렀다.

"이이… 겨우 상관도 없는 사람 때문에 해남도를 버리겠다는 말이냐!"

"상관이 없다면 묘 호법님도 도움을 받지 않으셨어야지요."

"나는 도와달라고 한 적 없다."

"……!"

어이없는 대답.

은소란의 눈빛이 차가워졌다.

"그래서 저라도 가려는 겁니다. 해남도에도 은혜를 아는 사람이 있다는 걸 보여주기 위해서라도요. 그럼."

막 은소란이 돌아설 때였다.

"의리가 있는 계집이군. 후후후."

"헉!"

기겁을 하며 한 발 뒤로 물러섰다.

그녀의 전방에 탁휘룡이 팔짱을 낀 채로 서 있었다.

"다, 당신이 어떻게……"

그가 이곳에 나타나려면 한 가지 경우밖에는 없었다.

"계집보다도 의리가 없는 놈이군. 하긴, 의리가 꼭 필요한 건 아니지. 그렇지 않나, 묘충? 덕분에 그 계집도 살리고 말이야."

'마벌주님과 싸운 것치고는 너무 멀쩡하다. 이 사람이 그 정도로 고수였단 말인가?'

"너희들이 도망가는 바람에 죽이고 말고 할 것도 없게 됐지만."

'아!'

싸우지 않은 것이다.

은소란이 적이 안심하는 표정을 지을 때였다.

허공에서 탁휘룡의 말을 대뜸 비웃는 목소리가 들렸다.

"잘됐네. 나도 쥐새끼처럼 도망가는 너를 쫓아왔으니. 호호호."

'엇, 이 목소리는!'

역시나 제제였다.

은소란은 허공을 향해 반갑게 소리쳤다.

"마벌주님!"

제제는 땅으로 내려서며 은소란에게 뒤로 물러서라고 눈짓을 한 후, 탁휘룡을 향해 다가갔다.

막 은소란이 곁을 지나갈 때였다.

"영리한 것 같더니, 착해 빠져서는……."

"……!"

제제는 은소란과 묘충이 나눴던 얘기를 모두 들은 것이다.

은소란은 미안한 표정으로 어쩔 줄을 몰랐다.

제제가 슬쩍 뒤를 돌아보며 중얼거렸다.

"나쁜 짓 하다가 걸린 것처럼 뭘 그렇게 쩔쩔매! 네가 빨리 움직여야 저놈과 한 판 붙든지 할 거 아니야!"

"예? 예."

움직이는 은소란을 보며 제제는 살포시 미소 지었다.

모른 척해도 그만이었다. 알아달라고 도와준 것이 아니기에 더 더욱 기분이 좋았다.

탑탑마군의 행방을 알기 위해 움직인 상황에서 시간을 지체한 것이 못내 마음 쓰였는데, 그나마 잘한 판단이란 생각이 들었기 때문이다.

그럼 됐잖은가.

혈영들과 홍의 궁장 여인을 처치하고 나자, 탁휘룡의 종적이 사라진 걸 발견하고 얼마나 화가 났는지 몰랐다.

뻔뻔한 탁휘룡의 얼굴을 향해 냉소를 퍼부었다.

"누가 누굴 살려줬다고? 말은 제대로 해야지, 도망친 주제에."

탁휘룡은 발끈했으나, 천마삼로와 암황사패를 본 후에 생각이 바뀌었다.

그들의 몸에는 상처 하나 없었다.

홍의 궁장 여인과 혈영들이 적어도 반나절은 끌어줄 것이라 여긴 것이 잘못된 판단이었다.

"크크큭. 제법이구나."

그의 전신이 붉게 변해갔다.

혈신체와는 다르게 혈관들이 일어나거나 하지는 않았다.

"오래 끌고 싶은 생각 없으니까, 네가 펼칠 수 있는 재주 중에 최고로 펼쳐라."

"흥! 병신이 입만 살아서."

말은 쉽게 했지만 제제도 느끼고 있었다, 천마연환구궁이 아니면 힘들 것이란 걸.

구우웅—

기이한 소리가 울리며 제제의 주위로 둥근 막이 형성됐다.

뒤쪽에서 그 모습을 지켜보던 묘충은 자신도 모르게 입을 벌리고 말았다.

"굉장하다!"

그는 실성한 사람처럼 부르짖었다.

은소란은 묘충의 말을 듣기 전부터 가슴이 뛰었다.

제제가 나타난 것만으로도 다행이건만, 무공까지 상상 이상이었기 때문이다.

묘충은 다시 한 번 눈을 비볐다.

"내, 내가 지금 꿈을 꾸고 있는 건가. 저 정도라면 도주님과 필적할 만한 고수라는 소리거늘."

묘충은 구체적으로 그 경지가 어느 정도인지 몰랐다. 그저 현 무림에 제제와 같은 신위를 보일 수 있는 고수라곤 해천월밖에 보질 못했다.

해천월 역시 대공이란 자를 상대할 때 외에는 보여준 적이 없었다. 신(身), 심(心), 의(意), 혼(魂)을 하나로 모은다는 것은 그만큼 지고한 경지인 것이다.

제제는 전력을 다해 일격을 뻗었다.

"죽엇!"

쿠엥—!

아홉 줄기의 기운이 그녀의 전신에서 빠져나오며 서로 얽혀 들었다.

이내 얽혀 든 기운은 거대한 기둥을 연상시킬 만큼 굵어지며 그대로 탁휘룡을 짓눌렀다.

쿠콰콰콰콰—!

잔인한 진동이 주위를 무섭게 들썩이게 만들었다.

"마벌주님……."

은소란은 자신도 모르게 양손을 모아 입가로 가져갔다.

탁휘룡은 검강 십여 개를 오 년 전에 마음대로 조절할 수 있는 고수였다.

제제의 공격을 두려워할 리 없었다.

'후후후. 이 정도 공격쯤이야… 응!'

제제의 공격을 한 손으로 받아내던 그의 안색이 대변했다.

한 번의 공격으로 끝날 줄 알았던 예상이 빗나갔다.

초식의 이름에서도 드러나듯이, 아홉 방위가 연쇄적으로 터지며 상대에게 쉴 틈을 주지 않는 공격이었다.

쾅—!

온전히 막았다.

쾅—!

이어지는 힘이 만만찮아 살짝 옆으로 몸을 틀었다.

그러나 그 이후로도 무려 다섯 번이나 제제의 공격은 이어졌다.

황당한 사실은, 아직도 공격이 끝나지 않았다는 것이다.

'뭐냐! 일곱 번이나 공격을 했으면서 점점 거세진다고?'

처음과 달리 수그러들 때까지 기다리기 힘들었다.

이런 연환공격이 어찌 가능한지 천마구궁연환이란 초식이 놀랍기 이를 데 없었다. 하지만 거세지는 강기는 마지막 아홉 번째에 절정에 달했다.

콰콰-!

‘큭!’

엄청난 폭음과 함께 잠시 멈춘 싸움의 여파는 묘충과 세 여인의 모습에서 얼마나 대단한 충돌이었는지를 잘 보여주었다.

뒤로 한참을 물러난 네 남녀는 사라지지 않는 먼지를 망연자실한 표정으로 쳐다봤다. 천마삼로와 암황사패가 주위를 감쌌음에도 이들이 물러난 거리는 무려 삼십여 장에 달했다.

묘충이 좀 더 다가가 탁휘룡의 상태를 보려 할 때였다.

옆에서 은소란과 두 여인이 피를 토해냈다.

“웩!”

내상을 입은 모양이다.

“너희들은 어서 내상을 다스려라.”

“끙…….”

은소란은 묘충의 말을 듣지 않고 억지로 몸을 일으켰다.

먼지 때문에 앞쪽이 하나도 보이지 않았다.

“묘 호법님, 저 안이 보이세요? 마벌주님은 무사한가요?”

“…안 보인다. 삼황과 삼선의 후예도 아니면서 혈마와 대등한 싸움을 하는 여자가 있을 줄이야… 허! 세상은 정말 넓구나.”

“…….”

은소란은 더 물어보지 못하고 먼지구름을 향해 다시 시선을 돌렸다.

남궁엽은 안절부절못하고 나서려 움직였다.

“벌주님!”

천마일로가 남궁엽을 막아섰다.

“경거망동하지 마라. 아가씨께서 명령을 내리기 전까지는 움직이지 못한다.”

“저러다 당하시기라도…….”

“갈!”

“…죄송합니다.”

“그런 일은 없다.”

“……..”

천마일로의 말에 나란히 서 있던 천마이로가 말을 받았다.

“허허허. 설마 저 정도까지 되셨을 줄 누가 알았겠습니까.”

“그러게 말이오.”

남궁엽이 알아들을 수 없는 말이었다.

궁금증을 참지 못하고 물었다.

“일 원로님, 그게 무슨 말씀이십니까?”

“네 눈으로 보면 될 게 아니냐. 주군께서 천마신공 십이성의 경지를 펼치실 때보다 더 강한 것 같구만. 클클클.”

‘천마신공 십이성!’

쉬쉭―

제제는 쉼없이 구궁의 방위를 밟으며 움직였다. 구궁의 방위에 따라 펼쳐야 최고의 위력을 발휘한다는 것을 알기 때문이다. 이미 쏟아낼 수 있는 힘이란 힘은 모두 끌어낸 상태였다.

곧이라도 쓰러질 것같이 지쳐 보이는 제제지만 웃음을 잃지 않고 있었다.

새로운 경험을 하는 중이기 때문이다.

평소에는 사용하지도 않던 혈관들이 살아나며 새로운 힘이 단전으로 빠르게 유입되고 있었다.

'몸속에서 꿈틀대는 이건 뭐지? 천마구궁연환을 다시 사용해도 될 것 같아……'

천마구로 아홉 명이 전해준 진기가 그녀의 것으로 완전히 바뀌는 순간이었다.

단전이 비는 즉시 채워지는 것이다.

제제의 이런 변화를 알 리 없는 탁휘룡은 다라패엽신공에 사량겁화공을 실어 마지막이라 생각되는 공격을 막았다.

쿠쾅—!

이번에는 확실히 약해진 것을 느낄 수 있었다.

탁휘룡의 얼굴에 웃음이 걸렸다.

"이제 힘이 다했나 보군. 이 정도까지 강해진 것도 기적이야. 하나 상대가 나라는 것이 불운했다. 그럼 끝내기로 할까? 인화린(人化燐)!"

파웃—!

여운휘 행세를 하다가 정체를 밝히고 난 후, 처음으로 악성에게 사용했던 무공, 탄. 그것을 다라패엽신공으로 변형시킨 형태의 무공이었다.

증명이라도 하듯이 인화린은 그의 손을 빠져나오면서도 소리를 내지 않았다.

슛—

막 제제의 몸에 격중될 순간.

슬쩍.

제제의 몸이 회전했다.

바람을 스치는 소리가 귓가로 스치는 것을 느끼고, 회전을 멈추지 않으면서 구궁의 방위를 밟아갔다.

파바박—

"……!"

탁휘룡의 안색이 대경하며 빗나간 인화린을 끌어당기려 손을 들었다.

조금 전의 기진맥진했던 여자는 사라지고, 너무도 멀쩡한 모습의 제제를 신기한 듯이 쳐다봤다.

제제는 희미한 미소를 지으며 양손을 뻗었다.

무심코 바라본 탁휘룡.

"헉! 소수(素手)!"

놀람이 채 끝나기도 전에 제제의 손 전체가 백색으로 변했다.

어느새 제제의 손 전체가 백색으로 변했다.

아지랑이처럼 피어오르는 백색 강기의 섬뜩함이 촛농처럼 요염하게 움직이며 탁휘룡의 시선을 어지럽혔다.

탁휘룡은 더 이상 지켜보다가는 막을 기회조차 잃을 것 같았다.

다라패엽신공을 전력으로 끌어올렸다.

'이번만 막으면 이 계집을 죽일 수 있다.'

뒤쪽에서 되돌아오는 인화린을 바라보는 그의 눈빛에 확신이 걸려 있었다. 그러나 그것은 천마구궁연환의 최종 형태인 천마소수를 너무 가볍게 본 처사였다.

아홉 줄기로 뻗어나갈 힘이 하나로 집중된 것이다.

그 힘은 장난이 아니었다.

쾅—!

"컥!"

탁휘룡은 다라패엽신공으로 감싼 호신강기가 깨져 나가자 내부가 흔들리는 고통에 비명을 질렀다. 그러면서도 기대를 걸고 있는 인화린을 놓치지 않고 쳐다보고 있었다.

곧 힘을 모두 소진한 제제의 가슴이 뻥 뚫리리라!

그러나 제제의 신형은 그의 생각을 배반하고 말았다.

그의 눈앞에서 감쪽같이 사라지고 만 것이다.

"헉!"

그의 시선이 엄청난 속도로 되돌아오는 인화린을 쳐다봤다.

완전한 무방비 상태에서 어떻게 하란 말인가.

탁휘룡은 호흡을 멈추고 인화린이 날아오는 위치에 모든 힘을 집중시켰다. 흡수하려는 것이다.

쿠쾅—!

인화린은 탁휘룡의 몸을 끌고서 무려 십여 장을 이동했다.

"하아……."

제제의 한숨이 그제야 한쪽에서 흘러나왔다.

털썩.

"아가씨!"

"벌주님!"

천마삼로와 암황사패가 달려갔고 그 뒤를 은소란이 따랐다.

갈퀴처럼 찢어진 땅 저편.

남궁엽은 눈을 부릅떴다.

‘그가 사라졌다!’

탁휘룡의 시체가 보이지 않았다. 아니, 사라졌다는 말이 옳았다.

자신의 눈을 믿을 수 없는지, 남궁엽은 조심스럽게 그가 떨어진 곳으로 몸을 이동했다.

*   *   *

모대건은 갑자기 멈춰 서며 일왕을 향해 소리쳤다.

“사망적혈단으로 가려면 이 길로 가야 합니다!”

일왕은 좌측을 응시한 채로 움직이지 않았다.

“…….”

모대건은 고민하는 그의 입에서 어떤 말이 나올지 알 것 같았다. 적무극이 사라진 곳을 바라보며 하는 고민이라면 뻔하지 않겠는가.

‘그놈을 쫓아가겠다는 건가?’

통나무 다리에서는 싸움이 없었다.

강시들을 시켜 공격하도록 명령을 내린 모대건의 말이 무색하게, 적무극은 갑자기 돌아서서는 반대 방향으로 무서운 속도로 도망쳤다.

일왕의 계획을 꿰뚫어 본 것일 수도 있고, 너희들은 상대가 안 되니 그냥 가란 뜻일 수도 있었다.

그 때문에 일왕은 자존심이 크게 상한 모양이다.

쫓아가 한 판 붙고 싶은 눈치였다.

역시나 모대건의 예상이 맞았다.

“그놈을 쫓아간다. 저런 고수가 왜 나를 피하는지 알아야겠다.”

‘그렇게 해서라도 쫓아가고 싶은 모양이군.’

“산서성에 저런 고수가 나타난 이유도 궁금하고, 그 이상한 놈의 출현도 마음에 걸린다.”

위지무를 뜻하는 말이었다.

모대건도 그 점이 이상했다.

악성도 그렇고, 풍호란 자도 그렇고, 모두들 산서성으로 향하지 않았던가.

전방에 보이는 높게 솟은 산만 넘으면 산서성이었다.

적무극이 사라진 방향과는 차이가 있으나, 싸움만 아니라면 굳이 거부할 이유도 없었다.

*   *   *

퍽—!

풍호의 근처에만 오면 혈영들은 몸에 구멍이 난 채로 튕겨져 나갔고, 장패기에게 덤벼든 혈영들도 마찬가지로 신체의 일부가 떨어져 나갔다.

그러나 수가 점점 줄어들수록 혈영들의 기세는 드세졌다.

당연한 것이, 그들은 동료의 피를 흡수할 수 있기 때문이다.

벌써 일 다경이 지나고 있었다.

“이 물건들은 뭐냐!”

“제길, 그건 내가 하고 싶은 말이오!”

죽였다고 생각하면 어느새 살아나서 덤비는 혈영들.

두 사람이 언제 이런 일을 겪어본 적이 있던가.

급기야는 자존심이 상한 장패기의 이보반이 허공에 그림을 그리기 시작했다.

휘리릭—

이보반의 반경에 들어오기 무섭게 전에 터져 나가는 혈영들의 모습에, 이번에는 확실히 죽었으리라 생각하는 그의 귀로 풍호의 목소리가 들렸다.

"머리와 몸을 완전히 분리시키지 않으면 저 물건들은 죽지 않는 모양이다. 비켜라, 장패기. 내 오늘 이놈들을 완전히 이승에 발을 못 붙이게 하고 말겠다."

"풍 노사나 비키슈. 내가 하겠소."

"네 실력으론 택도 없다. 비켜."

"풍 노사는 되고, 난 왜 안 된다고요? 왜요, 왜 안 되는데요!"

"안 된다면, 안 되는 줄 알아!"

티격태격.

자존심이 유난히 강한 두 사람의 싸움을 멈춘 것은 난데없이 날아온 화살 한 대였다.

큐웅—

처음에는 작게.

쿠쾅—!

혈영 한 명의 몸을 뚫은 화살은 구슬을 꿰듯이 다른 혈영들의 몸을 휘젓고 다녔다.

"어?"

"어?"

풍호와 장패기는 화살이 날아온 곳으로 고개를 돌렸다.

곽명이 두 번째 활을 당기고 있었다.

화살도 없는 활시위.

풍호는 단숨에 방금 전 장내를 휘젓고 다니던 화살이 강기였음을 깨달았다.

"어린 녀석이 대단한데?"

"그러게 말이우."

"장패기, 너보다 낫다."

"엥? 지금 장난해요?"

"말하는 것 하곤. 쯧. 이러다간 저 애송이에게 먹이를 다 빼앗기겠다."

"……!"

장패기는 발끈해서 이보반을 꼬나 쥐고 화살이 날아오는 반대편의 혈영들을 몰아쳐 갔다.

풍호는 다루기 쉬운 장패기를 장난스럽게 쳐다봤다.

'녀석… 큼.'

발륵천존과 공인후 등을 쫓아간 악성이 아직 모습을 보이지 않고 있었다.

'놓아주신 데에는 그만한 이유가 있겠지.'

악성이 일제히 덤벼드는 혈영들을 풍호와 장패기에게 맡긴 걸 보면 이미 이럴 것을 예상하고 있었다는 뜻이다. 굳이 따라가지 않아도 괜찮으리라.

조심스럽게 다가오는 십여 명의 혈영이 느껴진다.

"풍 노사!"

장패기의 다급한 외침이 들렸다.

이미 알고 있잖은가.

다가오던 혈영들의 목과 몸통이 정확히 잘려서 땅으로 떨어졌다.

투두둑―

혈영들에 가려져 장패기는 풍호의 수법을 볼 수 없었다.

'저 영감은 어째 시간이 갈수록 더 강해지는 것 같아.'

무언가가 시원하게 혈영들의 목을 자르고 지나간 것만 보였다.

풍호는 장패기를 돌아보고는 오히려 역정을 냈다.

"왜케 소릴 질러! 나 귀 안 먹었다."

"쳇. 걱정해 줘도 뭐라 하네. 쿵. 하여간 승질은……."

장패기는 머쓱했는지 이보반을 휘둘렀다.

쿠콰콰―!

회전반경 안에 든 혈영 십여 명이 그대로 날아갔다. 이어서 다가오
는 혈영들 역시 몸이 뚫린 채 땅에 처박혔고, 발을 굴러 공중에 뜨게
만든 혈영들을 향해서는 이보반의 회전으로 거대한 원반처럼 생긴 강
기가 눌러 버렸다.

퍽―!

그 한 수로 죽일 듯이 달려들던 혈영들이 주춤하는 모습을 처음으로
보였다.

곽명의 화살이 자유자재로 장내를 돌아다니는 것과 함께 목 없는 혈
영들의 숫자가 는 것도 한몫 단단히 했다.

"질 수 없지."

장패기의 승부욕이 발동한 모양이다.

땅―!

이보반으로 혈영의 검을 부러뜨리고 발로 얼굴을 뭉갰다.

콰직―!

“…….”

싸울 의지를 잃어버린 혈영들이 급히 뒤로 물러서기 시작했다.

풍호는 악성이 사라진 동굴로 시선을 던졌다.

‘아직 싸우고 계신 건가?’

발륵천존의 실력이 꽤나 강하기는 했지만, 악성이 고전할 정도는 아니었다.

뒤쪽을 돌아봤다.

어느새 철대랑이 합류해 굳이 나설 필요가 없는 자리가 됐다.

동굴 쪽으로 두 걸음이나 움직였을까?

쉭쉭—

‘……?’

기묘한 소리가 그의 귀를 자극했다.

“……!”

일왕은 자신을 정확하게 바라보는 노인을 보며 가슴이 철렁 내려앉았다.

‘저 노인… 그 적발의 젊은 놈 못지않다!’

사람 크기가 손가락 하나 정도로밖에 보이지 않는 거리에서 자신의 기를 느끼고 돌아봤다.

진의맹에서 마엽에게 무시당한 것이 못내 찜찜했다.

적무극에 이어 풍호에게까지 똑같은 대접을 받고 싶진 않았다.

아리대부인을 암중에서 도와주며 언제고 진의맹이 천하제일의 세력이 될 때가 되면 나서려 했다.

그러나 무인의 피가 어딜 가겠는가.

삼황과 삼선의 후예들만 아니라면 현 무림에 칠왕을 당할 자는 거의 없었다.

그런 일왕의 내심을 잃었던가?

나머지 육왕이 적극적으로 나섰다.

"듣도 보도 못한 놈들이군요."

"빨간 머리의 젊은 놈부터 찾아봅시다."

"호호호, 당연한 말. 이곳에 있는 놈들을 모조리 죽여 버리면 나오지 않고는 못 배길 것이오."

뒤에서 칠왕을 지켜보던 모대건만이 동굴 쪽을 기묘한 눈으로 바라봤다.

일왕의 기척을 알아차리고도 여전히 싸우기만 하는 저들은 뭐란 말인가. 악성에게 이미 호되게 당한 기억이 남아 있어선지, 주의를 기울이며 다가가고 싶었다.

"모대건, 가서 싸움을 멈추게 해라."

"예?"

"진의팔천을 데리고 가면 되잖느냐."

'이, 이건 안 좋은데……'

풍호는 자신과 눈을 마주치고도 멀쩡히 다가오는 일왕의 용기에 속으로 쾌재를 불렀다.

'새로운 놈들인가 보구나.'

안 그래도 미친 혈영들에 질린 참이었다.

흑포를 뒤집어쓰고 오면 겁이라도 먹을 줄 알았는지, 형형한 안광을 빛내며 다가왔다.

"동료들이 죽어가는 걸 보면서도 너무 태연하구나. 아무리 정이 없
는 족속들이라고 해도 조금은 서둘렀어야 하는 게 아니냐."

일왕은 땅에 내려서자마자 대뜸 이상한 말을 꺼내는 풍호를 의아하
게 쳐다봤다.

"동료?"

"이 물건들을 모르느냐?"

"강시들도 아니고 희한한 물건들이구려. 우리가 이곳에 온 용건은
빨간 머리를 한 젊은 녀석 때문이오. 그 녀석이 어디 있는지만 알려주
면 죽이는 즉시 떠나겠소."

"빨간 머리를 한 젊은 녀석?"

"못 봤다는 말을 하기엔 우리의 눈이 너무 정확하오만."

풍호가 뭐라 대답하기도 전에 자신들의 말을 인정하라는 따위의 말
투는 곤란했다.

"못 봤는데."

"괜한 시비는 원치 않소."

일왕의 말은 진심이었다.

풍호를 가까이서 보자, 결코 단목천승의 아래가 아님을 알 수 있었
다. 적무극과 싸우기도 전에 칠왕 중 한 명이라도 잃고 싶지 않았다.

그러나 그건 그들의 사정이고, 풍호는 이미 기분이 상해 버렸다.

"시비는 니들이 먼저 걸었다는 걸 잊은 모양이구나. 흑포를 뒤집어
쓰고 눈만 부라리면 이 풍호가 겁먹을 줄 알았느냐?"

그때였다. 입에서 단내 날 것 같은 목소리의 장패기가 크게 소리쳤
다.

"풍 노사! 거기서 노닥거릴 시간 있으면, 이 빨간 놈들이나 하나 더

죽여요!"

"껄껄껄. 기다려라. 그보다, 재미난 녀석이 왔다."

"예? 그럼 나랑 바꿉시다!"

"일없다."

장패기가 잠시 한눈파는 사이, 혈영의 검이 아슬아슬하게 배를 스쳤다.

"윽, 치사한 영감!"

"뭐야!"

"치사해서 빨리 끝내고 구경할라우."

쾅! 쾅!

장패기의 팔과 혈영들의 팔이, 또 창과 검이 부딪칠 때마다 폭음이 터졌다. 일왕 등이 오기 전보다 소리가 더욱 거세졌다.

풍호는 웃는 얼굴로 일왕에게 말했다.

"이봐, 우리도 시작해 볼까? 누굴 찾아왔는지 몰라도 적당히 봐주면서 할 테니까, 와봐."

"……!"

*　　　　*　　　　*

동굴 안쪽에서 말소리가 들렸다.

우우— 웅—

자세히는 들을 수 없었으나, 발록천존이 분명했다.

악성은 더 이상 피의 순환으로 인해 심장이 버겁거나 하지 않았다. 아니, 오히려 피의 순환 때문에 몸의 상태가 더욱 가뿐해지게 됐다.

당연히 한 번 접한 기를 잊을 리 없었다.

'느껴진다. 이 기는…….'

사람은 누구나 각각의 고유한 성질을 지니고 있다.

익힌 무공에 따라, 복용한 영양이나 영물에 따라, 그리고 감정의 변화에 따라, 색깔을 띠는 것이다.

익숙한 기운이 아래쪽에서 느껴졌다.

바로… 사량겹화공의 기운이었다.

'탁휘룡?'

과거의 그가 아닐 것이다.

여운휘라 속이고 접근했던 기억이 다시금 되살아나며 가슴속에서 뜨거운 무엇이 일어났다.

아래쪽에는 아직 대화가 이어지고 있었다.

적무극이 동굴 안으로 들어왔을 때, 희한한 광경을 목격해야 했다. 사량시의 제조법을 알려줬으니, 쓰러진 여덟 명이 누구며, 가부좌를 틀고 앉은 자들이 누군지 모를 리 없었다.

요는, 사량시의 중앙에 앉아 있는 사람 때문이었다.

거대한 덩치에 홍의 가사를 걸친 채로 진땀을 흘리는 발룩천존의 모습이 장엄하기는커녕, 애처로워 보였다.

"쯧쯧쯧. 완성되지 않은 사량시의 의지를 어떻게 제압하려고…….
공 호법, 어찌 된 일이냐."

공인후는 고개를 조아리며 말을 꺼냈다.

"밖의 적들을 막기 위해서는 이 방법밖에 없다며……."

"……."

적무극은 안 봐도 무슨 일이 있었는지 알 것 같았다.

동굴로 들어오며 하마터면 눈이 마주칠 뻔했던 풍호와 화살 대신 강기를 쏘는 곽명, 희한한 창법을 구사하는 장패기를 본 후이기 때문이다.

"대법을 멈추게 해야겠다."

"그러면 발륵천존이……."

"어차피 지금 상태로는 아무것도 얻을 수 없다. 때를 기다리라고 그렇게 일렀건만."

적무극이 말하는 때란, 발륵천존이 죽을 때를 가리키는 말임을 공인 후는 잘 알고 있었다.

"공 호법, 피는 모두 채웠느냐?"

"혈왕께서 원하신 대로 하기엔 시간이 촉박하여, 두 번째 방법을 선택했습니다."

"아이들의 피?"

"예."

"몇 명이나 사용했느냐."

"약 이백 명은 족히 되는 듯싶습니다."

"이백이라……."

적무극은 잠시 계산을 하는 듯하더니, 손가락으로 만든 붉은 고리를 허공에 던지듯이 튕겼다.

다음 순간, 신기한 일이 벌어졌다.

허공에 떠오른 붉은 고리가 발륵천존의 머리 위에 멈춰 섰다.

"끊어져."

붉은 고리는 적무극의 명령에 따라 발륵천존의 거대한 몸을 감쌌다.

그리고는 사량시들과 발륵천존 사이를 끊어버렸다.

툭—

실 끊어진 연처럼 몸을 진저리 친 후에 발륵천존은 눈을 떴다.

"끄음… 공 호법, 무슨 일이냐."

한동안 초점이 안 맞춰지는지, 머리를 흔들며 고개를 앞으로 내밀었다.

대답이 없자, 좀 더 눈을 크게 치뜨던 그.

"혀, 혈왕!"

눈앞에 적무극이 서 있는 것이 아닌가.

"……."

그는 입을 벌린 채 말을 잇지 못했다.

적무극의 시선이 곧 사량시가 될 그의 제자들에게 향해 있었다.

"후후후. 내가 놀라게 해드린 모양이구려. 온다고 하지 않았소. 한데, 천존께선 성격이 무척 급하시구려. 내 도움 없이는 사량시의 힘을 얻을 수 없다 했거늘."

"바, 밖에 엄청난 놈들이 와 있어서 어쩔 수가 없었습니다."

"엄청난? 후후후. 천존의 입에서 그런 말이 나올 줄은 몰랐구려. 그렇다 해도 이건 너무 성급한 것 같소. 일단 이쪽으로 내려오시지요."

발륵천존은 마른침을 소리 나게 삼켰다.

꿀꺽—

"혈왕! 이왕 이렇게 된 것, 지금 제자들의 내공을 흡수……."

"거의 다 된 일을 망치겠다는 것이오!"

"……!"

발륵천존의 눈알이 쉼없이 움직이다 순간적으로 멈췄다.

"그것이 아니라, 그들을 상대하기 위해서는……."

"내가 키운 혈영들은 그리 약하지 않소."

"압니다! 하나, 그런 혈영들을 휴지 조각처럼 찢어버리는 황당한 놈이 있습니다."

꿈틀.

적무극의 시선이 가만히 발륵천존을 바라봤다.

거대한 몸에 비해 지나치게 작은 뇌를 가진 인간의 모습이 거기에 있었다.

불어터진 살들과 툭 튀어나온 뱃살.

무척이나 추레해 보였다.

그러나 사량시의 내공은 그가 아닌, 탁휘룡에게 전해질 것이다.

이유야 어찌 됐든, 발륵천존은 잘못을 했고, 그에 따른 대가 역시 치러야 했다.

적무극은 공인후를 돌아봤다.

"공 호법, 밖으로 나가보면 흑포를 뒤집어쓴 놈들이 있을 것이다. 그 중 한 놈을 잡아 와라."

"예."

발륵천존은 어리둥절한 눈으로 적무극을 쳐다봤다.

"밖의 일은 신경 쓸 필요 없네. 대신 처리해 줄 녀석이 왔으니."

'대신 처리해 줄? 그 녀석들을?'

자리를 벗어나는 공인후를 돌아봤다.

마침 공인후의 시선도 발륵천존을 향해 돌아가던 중이었다.

씨익.

공인후의 웃음이 묘했다.

그러나 적무극은 발륵천존이 생각을 하도록 내버려 두지 않았다.

"자, 어서 내려오시구려. 다행히도 제자들이 이지를 상실한 모양이오."

"다, 다행……?"

"그렇지 않았다면 멀쩡할 리 없으니까. 그 붉은 고리가 풀려지면 천존 혼자서 나와야 하오."

"……!"

그제야 발륵천존은 자신의 몸 주위로 붉은 고리가 형성되어 있음을 깨달았다.

'어, 언제…….'

진기가 복구되지 않은 것이다.

악성의 얼굴을 떠올리며 이를 갈았다.

슥—

붉은 고리에서 빠져나온 발륵천존이 막 적무극의 앞에 설 때 묘한 기운이 그를 자극했다.

'응?'

시선을 천천히 위로 올렸다.

벽 위쪽의 수많은 구멍들 중에서 한 곳.

악성이 그를 바라보며 팔짱을 끼고 서 있었다.

"헉!"

발륵천존의 얼굴에 어떤 상황인지 모두 쓰여 있었다.

적무극은 인상을 찌푸렸다.

"손님이 있었나?"

돌아선 적무극의 눈에 담담하게 두 사람을 바라보는 악성의 모습이 들어왔다.

그가 생각하기에 충분히 오만한 자세였다.

"본왕을 내려다보는 사람이 있어선 곤란하지."

악성이 처음으로 입을 열었다.

"다른 사람으로 착각했소. 혹시… 혈왕이 당신이오?"

"그렇다."

"어쩐지 비슷하다 했지. 강시를 만들려고 아이들을 죽이다니, 천인 공노할 일을 저질렀구려."

"구려? 허. 허허허."

악성은 적무극의 시선을 받으면서도 전혀 위축됨이 없었다.

위지무에 이어 벌써 두 번째 겪는 상황이라, 웃음이 메말라 있었다.

'서른하나, 둘? 말투로 봐서 젊은 놈이 분명한데, 기척도 없이 이렇게 가까이… 응?'

적무극은 악성의 허리춤에서 흔들리는 무혼검에 시선이 닿자, 고개를 갸웃거렸다.

악성과의 거리는 불과 십여 장.

그 정도 거리를 기척도 없이 다가섰다는 것은 이미 무검유검의 경지에 이른 고수란 뜻이기 때문이다.

"검을 사용하느냐?"

"질문이 이상하다고 느끼지 않소?"

"그런가? 다시 묻지. 조금 전에 검을 사용했느냐?"

"그렇소."

"흠, 화가 나 있군. 이리로 내려와서 그 이유나 좀 알려주지 않겠나? 아아… 그렇게 되면 도망가기가 쉽지 않으려나? 후후후."

내려오도록 격장지계를 쓴 것이었으나, 악성은 그의 의도와 전혀 무관한 듯이 대답했다.

"언제고 혈왕을 한 번 보고 싶었는데 내가 왜 도망을 가겠소. 탁휘룡에게 받아야 할 빚도 좀 있고."

"휘룡이를 아느냐?"

"오 년 전에 나를 인형으로 만드느니 어쩌니 하다가 부랴부랴 도망 간 탁휘룡이라면 좀 아오."

"……!"

적무극의 눈에서 빛이 번뜩였다.

오 년 전, 탁휘룡이 유일하게 실패하고 돌아온 기억이 났다.

"혹시 네가… 악성이란 녀석이냐?"

"맞소. 내가 바로 악성이오."

"파하하하! 재미있구나!"

第七章
해빈

악성은 갑자기 동굴이 떠나갈 듯이 웃는 적무극을 이상한 눈으로 쳐다봤다.

"……?"

"특이한 무공 때문에 기억하고 있다. 사랑겹화공을 익힌 몸에 상처를 낼 수 있는 무공은 흔치 않지. 사문이 어디냐?"

악성은 고개를 절레절레 흔들었다.

"말해도 당신은 모를 것이오."

"본왕의 가문이 어딘 줄 아느냐?"

"마마천황의 후예라 들었소."

"한데도 모를 것이다?"

"내가 익힌 무공은 삼황이나 삼선의 무공이 아니오."

'음?'

적무극의 붉은 검미가 꿈틀거렸다.

삼황과 삼선의 무공도 아니면서 탁휘룡의 몸에 상처를 냈다?

그가 보기에, 악성이 거짓말을 하는 것 같지는 않았다.

이때, 엉뚱한 곳에서 신음처럼 흘러나온 한마디가 있었다.

"일위강……."

적무극은 뒤를 돌아보며 되물었다.

"천존, 뭐라고 했소?"

발륵천존은 악성을 노려보며 한자한자 눌러서 말했다.

"일위강. 바로 저놈이 자기 입으로 한 말입니다. 내공을 잘라 버리는 황당한 무공을 지닌 놈!"

'내공을 잘라?

적무극이 무슨 뜻이냐는 듯이 악성을 쳐다봤다.

악성은 훌쩍 뛰어내려 두 사람의 앞에 내려섰다.

탁—

'이건 또 뭐지?

악성이 구멍에서 뛰어내린 자세를 본 적무극의 안색이 일그러졌다. 착지하면서 등을 굽혀 충격을 완화하는 모습이 영락없는 삼류무인에 다름 아니기 때문이다.

'허공답보도 아니고, 그저 체술만으로 뛰어내렸다고? 또, 이런 놈에게 천존이 당했고? 허!'

더 더욱 그를 황당하게 만든 것은 눈앞에 선 악성의 몸에서 일 푼의 내공도 느낄 수가 없었던 것이다.

오히려 악성이 뛰어내린 구멍 쪽에서 묘한 기운이 감지됐다.

"함께 나서지 그러느냐?"

"무슨… 아!"

악성은 그제야 무혼의 기척을 느꼈다.

그러나 굳이 보여줄 필요는 없잖은가.

"필요하면 부르겠소."

"밖에서 설치는 자들 중 유난히 강해 보이는 노인이 있던데, 그가 네 사부냐?"

풍호를 가리키는 말이었다.

악성은 웃음 지으며 대답했다.

"사부? 하하하. 그분은 내 동료일 뿐이오."

"쿡. 허세를 부리는 것이 통하리라 생각을 하다니… 재미있는 녀석이로구나. 주인보다 강한 부하가 있을 수도 있겠지. 재주가 좋구나."

옆에서 듣고 있던 발륵천존이 입술을 씰룩거렸다.

악성을 보며 들었던 생각을 적무극이 거짓말처럼 말을 하고 있기 때문이다.

'저놈의 무공을 쉽게 봐서는 안 되는데… 초반에 전력을 다해 죽여야 하느니!'

그러나 그는 끝내 입을 다물고 말았다.

말을 한다고 들을 적무극이 아니었다.

그럴 시간이 있으면 차라리 사량시들을 챙기는 편이 나으리라.

그가 슬쩍 신형을 이동시키려 할 때였다.

적무극이 웃으며 말을 걸어왔다.

"아! 이런. 하마터면 천존께 실례를 할 뻔했소. 잠시 기다려 줄 테니, 먼저 손을 쓰시오. 하하하."

'빌어먹을!'

발륵천존은 눈을 크게 치뜨고 상체까지 뒤로 젖힌 상태로 억지웃음을 지으며 손을 저었다.

"돼, 됐습니다."

"왜 그리 놀라시오, 천존?"

웃으며 다가오는 적무극의 눈에는 감정이 없었다.

'죽이려는 거다!'

발륵천존은 급히 뒤로 물러섰으나, 중앙제단에 의해 막혔다.

"혈왕께서 직접 손을 쓰시는 편이 나을 것 같습니다."

"천존은 말로만 나를 돕겠다고 한 건가?"

"무, 무슨 말씀을… 컥!"

전혀 상상치도 못했던 상황이 벌어졌다.

발륵천존의 앞가슴을 뚫고 나온 손.

흘러내리는 피로 인해 빨간 것인지, 원래부터 빨간색인지, 구별이 가지 않을 정도로 붉은 혈수가 삐죽이 나와 있었다.

"이, 이집… 사실… 되… 다고 했… 쿨럭……."

발륵천존은 알 수 없는 말을 중얼거렸다.

입에서 흘러내리는 피로 인해 내용이 명확하지 않았으나, 이지가 상실된 그의 제자가 손을 쓴 것이 억울한 것 같았다.

딱―!

적무극의 손가락이 그의 이마를 강하게 때렸다.

"귀가 얇고, 욕심이 과하면 일찍 죽게 되지. 후후후."

스르륵― 툭―

겉으로 드러난 충격은 그저 알밤 한 대 맞는 것처럼 보이지만, 발륵천존의 머릿속은 완전히 터져 버렸을 것이다.

악성은 적무극의 가벼운 손가락 놀림에 놀란 표정을 지었다.

오 년 전에 탁휘룡에게 당했던 '탄' 이란 수법을 응용한 것임을 한눈에 알아봤기 때문이다.

"탄……."

"……!"

적무극은 깜짝 놀라 악성을 돌아봤다.

"이 수법을 아느냐?"

"탁휘룡에게 당한 적이 있소."

"호!"

악성은 적무극의 감탄에 쓴웃음을 지었다.

그런데도 아직 살아 있는 것이 신기하다는 투였다.

"본왕의 '탄' 도 한 번 받아보고 싶은 모양이구나."

"준다면."

"파하하하!"

적무극은 자신만만한 악성의 대답에 파안대소를 터뜨리고는 오른손을 들어올렸다.

그때였다.

동굴 안을 울리는 듣기 싫은 음향이 퍼졌다.

끼아아아― 악―!

백색 물체가 쏜살같이 적무극을 향해 날아왔다.

악성은 한눈에 백색 물체를 알아봤다.

'독수리?'

적무극의 오른손에 내려앉은 독수리는 부리부리한 눈으로 악성을 살폈다.

자신감 때문인지, 적무극은 일말의 망설임도 없이 독수리의 다리에 묶여 있는 쪽지를 풀었다.

"……."

잠시 후 '화르륵' 하는 소리와 함께 쪽지는 재가 됐다.

"……?"

적무극은 악성을 무서운 눈으로 노려봤다.

"본왕은 이만 가봐야겠다."

악성은 싱긋 웃으며 대답했다.

"그냥 보내줄 리가 없잖소."

"쿡. 누가 누구를 보내준다는 게냐!"

과우우웅—!

무서운 기운이 적무극의 등 쪽에서 확 피어나며, 당장 악성을 향해 날개를 펼칠 것처럼 사나워졌다.

그 모습에 악성의 미소가 더욱 짙어졌다.

"이상하군요. 그는 사량겹화공을 모른다고 했는데……."

"그?"

"반경인이라고 했소."

"……!"

적무극은 성난 얼굴을 풀며 갑자기 파안대소를 터뜨렸다.

"크하하하!"

"왜 그렇게 웃기만 하시오?"

"잠시 오해했다. 네가 마치 반경인, 그 작자와 싸우기라도 한 것처럼 말해서……."

"싸웠으니, 당신의 무공과 왜 비슷한지 궁금해하는 것이 아니겠소."

“뭣!”

“당신과 관련이 있나 보군.”

침묵은 적무극이 생각을 바꾸는 동안 지속됐다.

“…….”

“…….”

먼저 말을 꺼낸 사람은 적무극이었다.

“후후후. 휘룡이가 직접 죽이도록 기회를 줘야겠구나. 어차피 죽겠지만 말이야. 하나 너무 좋아하지는 마라. 네 주변을 챙길 시간만 줄 테니까.”

“주변?”

“혼자인 것처럼 굴어도 소용없다. 본왕은 이미 다 알고 있으니까.”

“무얼 말이오.”

“본왕이 하는 말의 뜻을 모른단 뜻이냐?”

“모르겠소.”

“흠…….”

적무극은 악성의 표정을 바라보며 인상을 썼다.

‘이놈이 악성이란 놈인 건 분명한데…….’

짚이는 바가 있었다.

“무림에 나온 지 얼마 안 된 모양이구나.”

“다시 세상에 나온 지 한 달이 채 안 됐소.”

“그래? 그렇단 말이지…….”

적무극의 눈에 묘한 빛이 나타났다가 금방 사라졌다.

“본왕에 대해서 얼마나 알고 있느냐?”

“사량겹화공을 익히고, 나와 인연이 있는 분들을 곤란에 처하게 한 사람 정도?"

"내가 사형이라 부르는 놈이 셋 있다."

'놈? 지금 저자가 자신의 사형을 놈이라고 부른 건가?'

악성은 이내 잘못 듣지 않았음을 알았다.

적무극의 이어지는 말에서 똑같은 말이 나왔기 때문이다.

"그중 유난히 사람 신경을 잘 긁는 놈이 있지. 이름은 마엽. 물론, 마마천황의 후예 중 한 명이다. 무슨 일인지 몰라도 지금은 진의맹에 있지만."

'진의… 맹? 도대체 이자가 무슨 말을 하고 싶은 거지?'

악성의 표정을 뻔히 지켜보면서도 적무극은 개의치 않고 말을 이었다.

"그가 사천성으로 갔다."

"……?"

악성은 어이없는 표정을 지었다.

그것이 뭐 어쨌다는 말인가?

악성이 황당한 표정으로 노려보자, 적무극은 낮게 실소를 흘리며 설명조의 말을 던졌다.

"그럼… 이렇게 설명을 해주기로 하지. 사천성에는 마벌이란 단체가 있고, 그곳의 주인은… 역시 모르는 모양이군. 후후후. 네가 잘 아는 여자가 그곳의 주인이다. 과거에 암황무적군단주 천마 제륭의 손녀라고 불렸다지?"

"뭐라고!"

"……!"

악성의 반응이야 이미 짐작하고 있던 적무극이었으나, 신형이 순식간에 사라질 줄은 몰랐던 모양이다. 눈을 좁히며 이내 한 걸음 뒤로 물러섰다.

쑥―

적무극이 서 있던 자리에 나타난 악성.

흥분한 기색이 역력했다.

"지금, 분명히 제 어르신의 손녀라고 했소?"

적무극은 아무렇지도 않다는 듯이 고개를 끄덕였다.

"분명히 그랬다."

"……!"

'가만. 이 녀석이 조금 전 펼친 신법이 이형환위던가? 아니지, 잔상이 남지 않는 이형환위는 들어본 적도 없다.'

일정한 공간 안에서 순간적으로 위치를 바꾸는 보법이지만, 누구나 펼칠 수 있는 것은 아니었다.

무림에는 초절정에 이르면 당연히 펼칠 수 있게 되는 수법들이 있다. 의기상인이라 해서, 기를 일으키기만 해도 사람을 상하게 하는 경지이다.

여기서 좀 더 발전하면 형체가 유형화되는 의형유형, 검이 없지만 있는 거나 마찬가지인 무검유검과 같은 경지에 들게 된다.

또 한 가지, 이형환위는 잔상과 실상을 구별하지 못할 정도로 빠르게 펼치는 보법으로, 무검유검과 함께 최고로 손꼽히는 보법 중 한 가지였다.

적무극은 물어보자니 자존심이 상하고, 넘어가자니 궁금함이 쉽게 놔주지 않을 것 같아 입맛이 썼다.

그때였다.

악성이 시선을 돌리며 말했다.

"가시오."

"뭐?"

"당신이 내게 선심을 베풀 이유는 없잖소. 나와 싸울 시간도 아까운 모양이니, 보내주겠다는 것이오."

"큭. 크하하! 네까짓 것이 뭐 그리 대단하다고 내가 그런 행동을 하겠느냐. 도움을 줬으면 감사하다고 할 것이지!"

"이미 놓아주겠다고 한 이상 쫓지 않을 것이오."

'이놈 봐라?'

적무극은 악성이 정말로 떠날 줄은 상상도 하지 못했다.

떠나가는 악성의 뒷모습이 너무 당당했다.

'대사형 뇌정우……'

사부를 배신한 대가라며 적무극을 놓아줄 때와 너무나 흡사한 상황이었다.

적무극의 시선이 악성이 사라진 동굴을 향했다.

악성 혼자였다면 쪽지를 받는 즉시 죽였겠지만, 정체 모를 기운이 사라진 동굴에서 느껴졌기에 시간을 아끼려 한 것이다.

"휘룡이가 다쳤다는 보고만 아니었어도……."

악성이 익힌 무공에 대한 흥미를 거두고 사량시의 마지막 단계에 접어든 발륵천존의 제자들을 돌아볼 때였다.

지시를 내리기 위해 들어올린 그의 손.

"……!"

편안하게 손가락이 펴진 것이 아니라, 뭉툭하게 말려 있었다.

악성의 공격이 어떻게 펼쳐질지 몰라 긴장했던 모양이다.

적무극은 웃었다.

"큭. 내가 지금 긴장하고 있었다는 말이냐?"

얼마 만에 느껴보는 손바닥 안의 땀인지 몰랐다.

밖으로 나온 악성은 마음이 급해졌다.

'풍노가 있으니 이곳에 더 이상 별일은 없겠지.'

적무극의 말을 확인할 수 있는 방법은, 악성 자신이 직접 눈으로 확인하는 것과 정보에 밝은 누군가의 도움을 받는 것 외에는 없었다.

'음? 저들은…….'

동굴을 빠져나오자, 낯선 인영들이 장내를 좌충우돌 누비는 모습이 보였다.

마음이 바쁜 탓에 풍호한테 말만 전하고 떠나려 했으나, 눈에 익은 한 사람이 보였다. 모대건이 진의팔천과 수호시 일곱 구를 데리고 혈영들을 상대하며 고전하고 있었다.

"저자에게 물어보면 혹시……."

악성이 막 모대건을 향해 다가갈 때였다.

누군가가 뒤쪽에서 악성을 불렀다.

"형… 님, 악 형님 맞으시죠?"

'아!'

악성은 목소리에 담긴 반가움을 알아채고 천천히 돌아섰다.

이전의 반듯한 외모에 천궁무백의 기상까지 담긴 눈빛을 빛내며 곽명이 다가왔다.

"반갑다, 명아."

곽명은 악성이 내민 손을 잡으며 고개를 숙였다.

"소제 곽명이 이제야 인사드립니다, 악 형님."

염라문의 위사에서 당당한 장부가 된 모습이 절로 미소 짓게 만들었
다.

"의부님께서 얼마나 좋아하실지 눈에 선하다. 강녕하시지?"

"그럼요."

"한데 이곳은 어떻게 오게 된 거야?"

"혈왕이 있는 곳을 제가 놓칠 리 없잖아요. 그때 죽은 녀석들이 밤
마다 나타나거든요."

"그때 죽은… 아아… 그…….'"

염라문에서 곽명과 함께 지내던 아이들을 말하는 것이다.

악성은 고개를 끄덕이며 곽명의 어깨를 두드려 주었다.

아이들의 피를, 강시 만드는데 사용한 자의 말을 믿고서 서둘러 나
온 것이 마음에 걸렸다. 적무극은 벌써 사라졌으리라.

'그 네 구의 강시 때문에 아이들이 더 희생될지도 모르는 일인데…
완성되기 전에 막았어야 했어. 정말 큰 실수를 한 것 같구나. 흠…….'

적무극이 사라졌을 동굴을 돌아봤다.

곽명에게 미안한 마음이 들었다.

오 년 전에 아이들을 죽음으로 몰고 간 원흉을 두고 나온 것을 알면
실망이 이만저만이 아닐 것이다.

"악 형님, 왜 그러세요?"

"아니다."

"갑자기 안색이 어두워져서요. 저 안에서 무슨 일이라도 있었습니
까?"

"그……."

“……?”

“얘기는 나중에 들려주마. 그나저나 말투가 제법 어른스럽게 들리는구나.”

“하하하. 아버님께 배우다 보니 자연스럽게…….”

“…….”

“참, 아버님께선 만나볼 사람이 있으신지 운남 쪽으로 먼저 가셨습니다. 하하하. 누군지 곤욕을 치를 겁니다. 그동안 몸이 근질거리신다고 엄을 하다시피 했거든요.”

“그렇구나. 의부님께서 그간 마음고생이 심했겠다.”

“예? 마음고생은 제가 더하죠. 무공을 알려주실 때면 정말 바늘로 찔러도 피 한 방울… 하하, 하하하.”

“괜찮다. 나중에 뵈어도 지금 한 말은 못 들은 걸로 하마.”

“역시 형님이세요. 아버님께서 종종 형님에 대한 말씀을 하세요.”

“나에 대해?”

“무공이란 평상시보다 다급한 순간에 필요하다고, 성이를 본받으라고 얼마나 성화셨는데요. 그때 형님이 싸우는 모습을 재현까지 하시며 궁을 사용할 때는 이렇게, 또 적이 많았을 때는 저렇게… 하하하. 많이 즐거워하셨어요.”

악성은 곽명의 말속에 담긴 반가움이 짙어지면 짙어질수록 마음이 오그라드는 것 같았다.

만약이라도 적무극의 말이 사실이라면, 제제는 지금 쫓기고 있을 수도 있고, 이미 붙잡혔을 수도 있었다.

“명아.”

“예?”

"내가 지금 급하게 가봐야 할 때가 있다. 서운하겠지만, 회포는 그곳
을 다녀온 뒤에 나눴으면 하는구나."

"……."

멀뚱한 눈으로 깜빡이는 것이 많이 서운한 모양이다.

그러나 어쩌겠는가.

"풍노한테 일러놓을 테니, 잠시 저들과 동행하며 기다려 주면 안 되
겠니?"

"그, 그거야 뭐… 하하하. 괜찮아요. 아버님과 중간에서 합류하기로
했거든요."

운남과 산서성의 중간에서 만날 것이라면, 뭣 때문에 곽명 혼자서
산서성까지 왔겠는가.

거짓말이란 걸 알면서도 악성은 고개를 끄덕여 주었다.

"그렇구나. 사망적혈전이라고 아니? 그곳의 전주가 나와 친분이 있
는 사람이야. 네가 어디에 있든 간에 곧 찾아가마. 그동안이라도 의부
님께 내 대신 말 좀 잘 전해줘라."

"…예."

서운함을 느꼈으리라.

곽명의 눈동자가 크게 흔들렸다.

"형님……."

"잠시."

말을 끊은 악성이 누군가를 바라보며 눈을 빛냈다.

모대건이 혈영들에 쫓기다 목숨이 위태로운 지경에 이른 것을 본 것
이다.

"무혼, 데려와."

“……?”

곽명은 도와줄 것처럼 바라보던 악성이 혼잣말을 중얼거리자 의아하게 바라봤다. 악성의 말을 듣고 움직일 사람이 주위에 아무도 없었기 때문이다.

“형님…….”

질문을 하려던 곽명은 말을 멈추고 빛처럼 빠르게 날아가는 여인을 바라봤다.

‘어디선가 본 듯한… 아!’

곽명은 자신도 모르게 부지불식간에 소리쳤다.

“그때 그…….”

무혼이냐는 질문이었다.

악성은 기억하고 있는 것이 신기하다는 듯이 웃으며 대답했다.

“무혼이다.”

“아아…….”

무혼이 악성과 호흡을 맞춰 혈영전사를 상대하던 모습을 기억하고 있는 곽명으로서는 감회가 새로울 수밖에 없었다.

‘응?’

모대건을 향해 날아갔다고 여긴 순간, 이미 그의 앞에 선 무혼.

정말이지 너무도 가볍게 그를 붙잡고 있는 두 혈영을 한 방에 잠재웠다. 멀리서 보면 혈영 둘이 알아서 나가떨어지는 시늉을 하고 보내 준 것처럼 보일 정도였다.

“대단하다…….”

무혼이 모대건의 뒷덜미를 잡아채고 악성의 앞까지 다가오는데 걸린 시각은 불과 숨 몇 번 돌릴 정도의 시간이 흘렀을 때였다.

척.

“하!”

곽명의 입에서 연신 감탄성이 연발했다.

천궁으로도 죽이지 못했던 혈영들을 너무 쉽게 쓰러뜨린 탓이리라.

악성이 곽명의 이해를 도와주었다.

“혈영들의 약점은 머리와 몸이 분리되면 움직이지 못한다는 것이지. 나와 의식이 통하기 때문에 무혼도 알고 있는 사실이다.”

곽명은 깜짝 놀랐다.

사람과 사람이 서로 의식을 공유한다는 소릴 들은 기억이 없기 때문이다.

“의식이 통한다고요?”

“잠시… 이자에게 물어볼 말이 있어.”

“그, 그러세요.”

곽명에겐 미안했지만, 어쩔 수가 없었다.

악성은 급하게 모대건의 앞에 앉았다.

“정신이 드는가?”

모대건은 눈을 뜨며 인상을 찌푸렸다.

악성의 모습이 아직 제대로 보이지 않는 모양이다.

“누… 컥!”

갑자기 그의 눈이 화등잔만 하게 커지더니, 몸을 덜컥거리며 일으키려 했다.

“한 가지 물어볼 게 있다. 대답 여하에 따라 다시 혈영들이 있는 곳으로 갈지도 모른다.”

“……!”

"마엽이란 자를 아는가?"

"마, 마엽?"

정말로 모른다는 얼굴이다.

악성은 질문을 바꾸었다.

"진의맹에 마엽이란 자가 있지 않나?"

"나는 마벌에서 맹으로 복귀한 지 얼마 되지 않았다. 그런 자가 있는… 아, 일왕! 그래 일왕한테 물어보면 알지도 모른다."

"일왕?"

모대건은 이리저리 고개를 돌리다 풍호와 겨루고 있는 칠왕 중 한 명을 가리켰다.

"저 흑포를… 흑포를 쓴 분이 일왕인데… 저런 말도 안 되는……!"

모대건의 입이 벌어진 채 닫힐 줄을 몰랐다.

칠왕이 동시에 풍호를 향해 덤볐다가 떨어지는 모습을 봤기 때문이다. 칠왕 모두 얼마나 기진맥진해 있는 상태인지, 전부 어깨까지 들썩이며 숨을 몰아쉬고 있었다.

풍호의 손이 서서히 올라갔다.

악성은 그 손이 내려지면 어떻게 될지 잘 알고 있었다.

"풍노, 멈추세요!"

*　　　*　　　*

악성의 신형이 빠르게 골과 골 사이를 지나갔다.

규우— 우— 웅—

뒤쪽에서 묘한 진동이 계곡을 울렸다.

악성은 최대한 빠르게 신법을 펼치는 중이었다.

머리칼 한 올 끝, 바람과 맞닿는 살갗이 모두 살아서 신경을 자극했다.

용수철을 죽 늘였다가 놓으면 '탕' 하는 소리와 함께 원래의 형태로 돌아가듯이, 심장에서 전신으로 퍼진 피가 용천혈을 강하게 때리며 돌아왔다.

쉐에엑—

발을 딛고 다시 일직선으로 신형을 뽑아 올렸다.

도약 거리가 무려 칠, 팔십여 장에 달했다.

이런 속도라면 공기만으로도 엄청난 저항력을 받게 마련이다. 즉, 매 순간마다 칠, 팔십 장에 달하는 높이에서 뛰어내리는 것과 같은 충격이 몸으로 전달되는 것이다.

일위강의 원리 중 한 가지가 발휘되는 순간이었다.

외부의 영향이 몸에 닿기 직전, 피의 순환이 그에 맞는 힘을 생성시켜 내부에는 전혀 영향을 받지 않게 해준다.

당연히 악성은 아무런 영향도 받지 않은 채 오히려 속도를 더 내기 위해 발을 오므렸다 강하게 뻗었다.

푸학—!

터져 나간 돌 조각이 사방으로 튀었다.

과우— 앙—

진동음이 악성을 쫓아왔다.

'조금만, 조금만 기다려.'

풍호의 공격을 멈추게 하고 데려온 일왕의 입에서 결코 듣고 싶지 않은 말을 들어야 했다.

마엽이 얼마 전부터 진의맹에 있었고, 적무극의 말처럼 제제를 잡기 위해 진의맹을 나섰다는 것이다.

도저히 맨 정신으론 그 자리에 있을 수 없어서 곧장 자리를 박차고 무조건 사천성으로 달려가는 중이었다.

제륭에 이어 제제까지 잃을 수는 없었다.

주위의 모습 따위는 눈에 들어오지도 않는다.

오로지 길처럼 보이는 능선을 따라 몸을 활짝 열었다가 접었다.

제제가 보고 싶었다.

후앗―!

"허!"

탄성을 발한 사람은, 구레나룻을 기르고 약간은 길쭉한 얼굴 형태를 지닌 중년인이었다. 하늘을 올려다보는 그의 눈에 감탄이 가득했다.

그의 눈에 악성이 보인 것이다.

그러나 그의 신분을 고려하면 충분히 가능한 일이었다.

마마천황의 후예인 뇌정우를 도와 현월의 꿈을 이루고자 했던 사람이자, 도 한 자루 손에 쥐면 삼황과 삼선도 두렵지 않은 사내, 여의무적 도 추성이 바로 그이기 때문이다.

뇌정우의 여동생이자, 전대 현월여의선의 후예인 뇌천홍이 죽으면서 유일하게 현월여의선의 맥을 이을 사람은 추성 외엔 없었다.

현월삼봉공은 지금도 한사코 자리를 받으라고 강권하지만, 그는 그럴 수 없었다. 현월여의선의 후예로 인정받기엔 부족한, 추성이 누구보다도 잘 알면서도 뇌천홍에게 자리를 넘긴 탓이다.

그녀의 간절함을 인정한 대가로 지금까지 죄책감을 갖게 됐다.

현월의 기운과 그의 여의무적도법은 완전히 다른 무공이다. 현월삼봉공이 알고 있는 사실은 그랬다. 어차피 그들이 알든, 모르든 상관없는 일이니까.

추성은 몇 해 전에 받은 제자가 아니었다면 뇌정우와 상관없이 벌써 대평원으로 달려갔을 것이다.

제자는 가끔씩 간특한 모습만 제외하면 지금까지 받은 제자들 중 단연 으뜸이라 할 만한 자질을 지녔다. 그 점이 여의무적도를 대성할 수 없는 결정적인 이유기는 하지만.

'녀석 정도의 자질을 갖으려면 삼황과 삼선의 후예가 아니고선 힘들지.'

제자의 이름은 해빈. 해남도 출신이었다.

이미 나이 구십인 그였다.

모든 것을 초월한다고 해도 하나 이상할 것 없는 나이.

그래서였을 것이다.

되돌아갈 곳을 정해놓는 것이 점점 무의미해지고 있었다.

'뇌정우도 나와 같았을까? 사제란 자들이 대공에 패한 그를 보고 모두 떠났다. 살아도 사는 것이 아니리라.'

뇌정우를 찾아갔을 때, 그는 이미 폐인이 된 상태였다.

예전에 보여주었던 삼황과 삼선의 후예라는 긍지나 자존심은 찾아볼 수도 없었고, 대공의 공격을 막은 것만으로도 대단한 것인 양 말했었다.

'한 사람에 의해 삼황과 삼선의 후예들이 모두 무너질 수도 있는가?

직접 눈으로 확인하지 않았다면 결코 믿지 않았으리라.

뇌정우의 실력을 알기에 주저하고 있는 것이리라.

공간은 한정되어 있고, 가서는 안 되는 길이 하나 둘씩 늘어나면, 그 안에 갇힌 사람들의 선택은 뻔하지 않은가.

해빈의 경우나, 뇌정우의 사제들을 보면서 알게 됐다.

그들이 있을 곳은 이제… 그들만의 신성한 장소가 아닌, 서로 뒤엉키는 무림밖에 없었다.

복잡한 생각으로 인상을 쓰던 추성은 하늘을 바라보며 이내 제자리에서 두둥실 떠올랐다.

슈욱—

하나의 점으로 화한 그의 신형이 곧장 악성의 뒤를 쫓아갔다.

'삼황과 삼선의 후예 중 어느 쪽인지 알아볼까?'

추성의 무공은 패도적인 면이 강해서 많은 수의 적을 동시에 상대할 수 있었다.

여의대륙참(如意大陸斬)!

웬만한 내공이 아니면 여의무적도를 다룰 수 없다. 한 번에 수십여 장을 파괴시키는 무공을 연속적으로 펼치기 위해서는 그만한 내공이 뒷받침되어야 하는 것이다.

그래서 보완한 것이 쾌(快)의 결이다.

제자 해빈과 만나기로 한 장소가 멀지 않았으나, 좀처럼 일어나지 않는 흥미가 시간을 잠시 지체하게 만들었다.

쉭— 쉭—

추성의 생각에, 아무리 악성이 삼황과 삼선의 후예라 해도 따라잡지 못할 리가 없다고 여겼다.

그러나 빨라도 과하게 빨랐다.

일 다경을 달렸음에도 악성을 따라잡지 못한 것이다.

처음에는 가까워지는 듯하더니 이십여 장 이상은 좁혀지지 않고 있었다.

'뒷모습만 보면 영락없는 젊은 녀석이 분명하다. 한데도 따라 잡을 수가 없다.'

처음에 느꼈던 흥미로운 마음은 어느새 경쟁심으로까지 번지고 있었다. 많아봐야 사십? 아무리 삼황과 삼선의 후예라 해도 믿기 힘든 모습이 아닐 수 없었다.

'여의대류참을 써서 일단은 멈추게 만들자.'

무기를 사용할 때라면 신법을 펼치는 상태에서도 가능하지만, 속도를 유지하면서 공격까지 하기란 경지에 오른 사람이 아니면 힘든 법이다.

촤릿—

여의무적도가 허공으로 솟았다가 앞쪽으로 빨려왔다.

그는 도를 손에 들자마자, 곧장 악성의 등을 향해 그었다, 투박하게 거리를 두고.

자존심이리라.

"조심하거라!"

내공 실린 음성이 악성을 향했다.

뒤에서 들려온 추성의 목소리는 어김없이 악성의 귀에 꽂혔다.

'……!'

모든 신경을 제제를 구하러 가는 것에만 초점을 맞춰 놓은 상태였다.

지금 악성의 머릿속에는 '방해하는 자'와 '방해하지 않는 자' 외에는 어떠한 선택 기준도 없었다.

악성은 모른 척 시선을 전방에 둔 채로 더욱 속도를 올렸다.

그때였다. 뒤쪽에서 무언가가 날아오는 소리가 들렸다.

퀴리릭—

바람 가르는 소리가 색달랐다.

'신법으로 쫓아오지 못하니 멈추게 하겠다는 의도인가?'

화가 났으나, 이내 무시하기로 했다.

전력을 다해 신법을 펼치는 상황이다.

따라잡지도 못하면서 뒤에서 앞쪽을 향해 공격한다?

누군지는 몰라도 따라오는 자가 앞에만 있지 않으면 굳이 신경 쓸 필요 없을 것 같았다.

돌아볼 생각을 접었을 때였다.

퀴리릭—

'음? 아직도?'

암기 정도로 여겨지는 물체가 내는 소리가 점점 또렷해지고 있었다.

무심코 고개를 옆으로 돌렸다.

'……!'

무서운 회전을 일으키며 다가오는 도… 정확히는 도처럼 생긴 강기 덩어리가 거리를 좁혀 오고 있었다.

'역시 놀라는군. 막는 동안이면 충분…….'

득의해하던 추성의 얼굴이 순간적으로 일그러졌다.

그가 날린 도강은 악성 정도의 신법을 펼칠 수 있는 고수라면 어렵지 않게 막을 수 있어야 했다.

그러나 황당한 일이 그의 눈앞에서 벌어지고 만 것이다.

도강이 그대로 악성을 몸에 격중하고 마는 것이 아닌가.

쿠쾅—!

"이런……."

굉음이 터지고 눈 한 번 깜빡일 시간도 지나지 않아, 악성이 있던 곳까지 날아온 추성.

"헛!"

그는 또 다른 의미에서 다시 한 번 놀라고 말았다.

당연히 나가떨어졌을 줄 알았던 악성이 저만치 날아가고 있는 것이 아닌가.

'그럼, 조금 전의 그 반탄력은 뭐냐?'

도강끼리 부딪친 느낌을 모를 리 없었다.

그의 입가에 알 수 없는 미소가 그려지며 웃음이 터져 나왔다.

"파하하하!"

악성은 추성이 날린 도강과 부딪치는 순간, 일부러 과한 힘을 쏟아 반탄력으로 속도를 더욱 높이려 했다.

쾌엑—

흘끔.

뒤를 돌아봤다.

"하하하……."

추성의 즐거운 듯한 웃음이 들려왔다.

악성은 화가 났다.

왜 급한 사람의 앞을 막는가!

끓어 오르는 화를 주체하지 못하고 그대로 앞을 가로막은 절벽에 몸을 부딪쳤다.

쾅―!

기를 넓게 퍼뜨린 탓에 진동과 소리는 요란했지만, 실질적인 충격은 받지 않았다.

다가오던 추성은 허공에 신형을 멈추고는 고개를 갸웃거렸다.

"내가 잘못 봤나? 흠, 괜히 시간만 늦췄군. 조금 전의 그 수법은 그럼 뭐지?"

그때였다.

빠름이라면 누구에게도 뒤지지 않는 추성의 눈이 커졌다.

꾸― 에― 엥!

좁은 공간에서 터진 포효!

무언가가 화살처럼 일직선으로 그를 향해 날아왔다.

"……?"

슈왓―!

등에서 시작된 검은 기운이 그의 몸 전체를 순식간에 감쌌다.

자연스럽게 호신강기가 발해진 것이다.

언제든 공격을 가할 수 있도록 여의무적도를 오른손으로 잡고서 날아오는 물체를 노려봤다.

인영.

분명히 사람이었다.

그러나 그의 입에서 나온 말은 전혀 엉뚱했다.

“갈! 미물 따위가 어딜 나서는 게냐!”

허공에서 불쑥 나타난 인영은 바로 무혼이었다.

그는 무혼을 향해 재빨리 도강을 날렸다.

쿠콰―!

“미물이 제법이구나!”

추성은 자신도 모르게 감탄하고 말았다.

무혼이 양손을 교차시켜 최대한 둥글게 몸을 만 상태로 그의 도강을 흘려 버리더니, 몸을 쫙 펴고 반격을 가해왔기 때문이다.

그러나 추성 역시 만만한 사람은 아니었다.

주먹을 마주 뻗었다.

뿌각―!

뼈마디 부서지는 소리와 함께 무혼의 신형이 튕겨 나갔다.

여의무적도를 들어 날아가는 무혼을 향해 내려치려 할 때였다.

“……!”

기다렸다는 듯이 그의 가슴을 휘감아오는 섬뜩함!

언제 나타났는지도 모르게 분노 가득한 표정의 악성이 옅은 묵빛을 띠고 있는 주먹을 내밀고 있었다.

턱―

묵직한 충격이 전해질 거란 예상과 달리 아주 간략한 음향이 들렸다.

‘……?’

추성은 자신의 호신강기에 막혀 더 이상 들어오지 못하는 악성의 손을 보며, 어이없다는 듯이 웃었다. 그리고는 오른손을 슬쩍 움직여 여의무적도를 회전시켰다.

휘두른 것이 아니라, 손목을 축으로 그냥 회전시킨 것이다.

그그극—!

"이건 또 무슨!"

여의무적도와 부딪친 악성의 손은 마치 옥의 표면을 일반 쇠로 긁은 것처럼 소리만 요란할 뿐 멀쩡했다.

추성은 재빨리 악성의 얼굴을 쳐다봤다.

"시간이 없어, 이 정도로 끝내겠소."

"뭐?"

악성은 오른손을 힘껏 뻗었다.

왼손으로 추성의 호신강기를 건드린 것은 거리를 재기 위해서였다.

콰쾅—!

"윽!"

단 한 방.

추성은 호신강기를 뚫고 들어오는 악성의 오른손을 황당한 눈으로 바라봤다. 이런 식의 공격이 가능하리라고는 생각지도 못했던 그였다.

본능적으로 상체를 뒤로 젖혀서 피하려 했다.

슈— 왁—

무언가가 허공에서 흔들리는 그의 머리카락을 자르며 지나갔다.

"……!"

한 바퀴 회전한 그의 눈에 멀어지는 악성의 신형이 보였다.

믿고 싶지 않았다.

여의무적도를 불끈 쥐고 다시 한 번 쫓아가려는 그의 귀에 차가운 음성이 들렸다.

"무혼… 밟아."

‘바, 밟아? 나를?’

혼자가 아니란 뜻이다.

재빨리 주위를 살폈다.

슛—

‘위! 저 물건은…….’

그를 향해 빠르게 떨어지는 인영은 무혼이었다.

“허… 허허허.”

헛웃음밖에 나오지 않았다.

기회라 여기고 도망치는 모습을 봐도 시원찮거늘!

천하의 여의무적도가 젊은 녀석의 주먹 한 방에 나가떨어진 것도 모자라, 이어지는 여자의 공격에 방어를 해야 하는 상황인 것이다.

그가 아무리 본신 내공의 절반도 사용하지 않았다고 하지만, 이렇게까지 쉽게 당할 줄은 꿈에도 몰랐다.

싸워서 먼저 나가떨어진 경우는… 단연코 처음이었다.

떨어지는 무혼의 발을 보며 어이없는 웃음을 터뜨렸다.

“하하핫! 아무리 그래도 사람이 한갓 미물의 발에 밟혀서야 말이 되질 않지. 돌아가라.”

손가락 하나를 세워 무혼의 발을 ‘툭’ 하고 건드렸다.

그러자 무혼의 몸이 허공에서 석상처럼 굳었다.

“여의용권풍까지 사용하게 한 것만으로도 너는 사람 대접을 받아 마땅하다.”

휘류류—

떨어지던 추성은 위쪽으로, 공격하던 무혼은 아래쪽으로.

위치뿐만 아니라, 상황도 역전됐다.

굳어버린 것 같던 무혼의 몸이 갑자기 회전하기 시작했다.

"여의용권풍을 무시했단 말이지……."

그는 회전하고 있는 무혼을 내려다보며 손을 그었다.

그의 손을 떠난 것은 여의무적도가 아니라, 비슷한 형상을 한 도강이었다.

쩍ㅡ!

"……!"

이 느낌… 처음 악성을 향해 날렸던 도강을 막았던 느낌과 같았다. 허공에서 갑자기 나타나 두 개의 도강을 막아내던 그 느낌.

추락하는 무혼의 신형을 보며 추성은 낮게 숨을 내뱉었다.

"후… 주인을 닮았단 말이지? 하는 짓이 똑같구나. 후후후."

떨어진 무혼이 땅과 충돌을 일으켰어야 할 시간이 지났음에도 아래쪽에는 잠잠했다.

"주인과 상관없이 알아서 움직이는 강시라……."

악성이 사라진 곳을 지그시 바라보던 추성은 소매 속에서 한 장의 쪽지를 꺼내 들었다.

대공이란 자를 꺾으면 다음은 네 차례다.

삼황과 삼선의 실체가 세상에 전혀 드러나지 않았을 때, 현월여의선과 겨루고 싶다고 찾아온 자들이 보낸 쪽지였다.

그들이 만나고 싶다며 연락을 취해왔다.

처음 생각으로는 대공이란 자를 만나지 못했을 거라 생각했다.

그러나 악성을 보니, 아닐지도 모른다는 생각이 들었다.

"만나보면 알겠지."

주위를 죽 둘러보던 추성은 한마디 더했다.

"이곳을 잘 기억해 둬야겠군."

*   *   *

하남성 낙양(洛陽)의 한 정원.

촤리릿—!

갓 서른이나 됐을 것 같은 외모의 사내가 몸을 번쩍이며 현란한 빛의 향연을 연속으로 펼치고 있었다.

특이한 점은, 사내가 전혀 내공을 사용하지 않고 있다는 점이다. 그러나 자세만 취하고 있음에도 그의 손에서 뿜어지는 예기가 주위를 가득 메우는 듯했다.

그런 사내를 바라보는 여섯 개의 시선.

사내의 사부인 추성과 행색이 괴이한 다섯… 바로 대평원에서 풍은진에게 다시 돌아오겠다고 했던 명무상 등이었다.

추성은 이대로 내버려 두었다 가는 수련이 계속될 거라 여기고 눈짓으로 해빈을 가리켰다.

"저 녀석이다."

"……."

갈의사신 구양비, 혈마도 지록, 일지선 양남현, 마희 령요는 파면비차 명무상을 동시에 돌아봤다. 모두의 시선에는 어떻게 하겠느냐는 질문이 들어 있었다.

대평원을 떠날 때 이미 명무상은 이들의 수장된 것이다.

명무상이 고개를 끄덕였다.

"좋군. 그러나 여의무적도의 무공을 아무리 잘 펼쳐도 내공이 없이는 무의미하지."

령요가 말을 이었다.

"직접 확인하면 되지 않나요?"

"안 그래도 그럴 생각이오."

막 나서려는 명무상을 막아선 것은 추성이었다.

명무상보다 먼저 나서며 해빈을 불렀다.

"빈아, 열심히 하는구나."

연무에 열중이던 해빈이 깜짝 놀라 뒤를 돌아봤다.

"아! 사부님. 기척을 주시지 그러셨습니까. 제자, 해빈이 사부님을 뵙습니다."

해빈의 손에는 이미 현란한 빛을 뿌리던 무기는 사라지고 없었다.

추성은 인사를 거두게 하며 질문부터 건넸다.

"몇 개까지 날리게 됐느냐?"

"몇 갠지 세어보지 않았습니다. 얼마 전부터 혈린이 허공에 머무는 시간을 조절하려고 하고 있습니다."

"좋구나."

"부족할 뿐입니다."

"……?"

추성은 해빈이 말을 더 이을 듯하다가 멈추자, 고개를 가로저으며 물었다.

"흠, 사부가 원한 단계를 넘어섰음에도 부족하다는 것은 좋은 자세다. 하나, 겸손만이 아니라 여겨지는 이유가 뭔지 모르겠구나."

“…….”

“말해봐라.”

주저하던 해빈은 마음을 다잡고 말을 꺼냈다.

“사부님, 그동안 말씀드리지 못한 것이 있습니다.”

추성은 죄스러운 표정의 해빈을 빤히 바라보다가 입을 열었다.

해빈이 해남도의 후계자 중 한 명이고, 현월의 무공을 배우려 왔으며, 지금 무슨 말을 하려는지도 알고 있었다.

“떠나려는 게냐?”

“……!”

대답을 하지 못하는 해빈의 눈빛이 여러 번 바뀌었다.

추성은 이미 모두 알고 있었다. 그러면서도 지금껏 한 번도 내색하지 않았다. 묵인한다는 것은, 자신의 배경과 무관하게 제자로서 아끼기 때문이 아닐까?

솔직해지기로 했다.

“어쩔 수 없습니다. 아버님이… 돌아가셨습니다.”

“천원건곤선의 후예까지… 허!”

“……!”

해빈은 멍한 얼굴로 추성을 쳐다봤다.

“알고… 계셨습니까?!”

“처음부터.”

“……!”

“현월의 후예와 마마천황의 후예에 천원의 후예까지라… 그럼 삼황과 삼선의 후예를 모두 겪었다고 믿어도 되겠군. 후후후.”

추성의 목소리는 웃으면서도 웃는 것이 아니었다.

해빈이 비장한 어조로 말했다.

"정확한 사정은 들어봐야 알겠으나, 제가 할 수 있는 일은 정해진 것 같습니다."

"할 수 있는 일? 당장 복수라도 할 기세구나. 아서라, 현월의 기운을 얻어도 힘든 일이다. 하물며……."

"천원의 기운에 현월의 무공을 사용하겠습니다."

"네 심정을 모르는 바는 아니나, 좀 더 시간을 두고 결정해도 늦지 않는다. 마마천황의 무공에 현월의 기운을 삼십 년 이상 수련한 자도 그에게 졌다."

"……!"

뇌정우를 떠올리며 씁쓸한 표정을 짓고 있는 추성.

해빈은 그런 그의 모습을 바라보며 자신도 모르게 마른침을 삼켰다.

꿀꺽—

추성의 무공을 배운 지 겨우 몇 년밖에 안 된 그였다.

'마마천황의 무공을 삼십 년 이상 수련한 사람이라면… 혹시 사부님이?'

해빈은 이내 고개를 저었다.

추성이 패했다면 이렇게 멀쩡할 리가 없잖은가.

"저는… 그 사람과 다릅니다."

그가 누군지 해빈이 알게 뭐란 말인가.

추성이 자신을 설득하기 위해 꺼낸 말일 수도 있었다.

여의현월혈린도법(如意玄月血鱗刀法)은 모두 탈(脫), 동(動), 운(雲), 천(天)의 사 단계로 나뉘어져 있었다.

도강의 길이가 하늘에 닿는다 해서 만들어진 이름이라 했다.

해남도의 무공과 견주어도 하나 손색이 없었다. 아니, 오히려 가슴 뛰는 무언가를 주는 데에는 여의현월혈린도법이 더했다.

해빈은 이미 천의 단계에 올라 있어, 내공만 뒷받침된다면 추성을 뛰어넘는 것은 시간문제라고 여기는 중이었다.

해빈의 오만한 대답에 추성은 미간을 찌푸렸다.

"흠……."

명무상 등 다섯은 과거, 현월삼봉공에 패했고, 백리풍에 패했고, 제 룡에 패했다. 평생을 패배 속에서 허덕였다고 해도 과언은 아니지만, 그 때문에 이들에겐 패배가 두렵지 않게 된 듯했다.

'빈이는 지금 복수보다 욕심이 앞서고 있다. 때를 알아야 준걸(俊傑) 이라 했거늘…….'

명무상 등과 움직이며 시간을 두는 것도 나쁘지 않을 것 같았다.

"이 말은 하지 않으려 했다만, 네 결심이 너무도 확고해서 어쩔 수 없구나."

"경청하겠습니다."

"지금 이곳에는 나와 너 말고도 다섯 사람이 있다. 알았느냐?"

해빈은 주위를 두리번거리다가 고개를 저었다.

"전혀 몰랐습니다."

"현월삼봉공과 능히 백 초를 겨룰 자들이다. 그것도 모두 다섯 사람 이나 된다."

"……!"

해빈은 현월삼봉공의 얘기가 나왔을 때는 표정에 변화가 없었으나, 백 초라는 말에 눈을 반짝였다.

현월삼봉공의 실력을 알아볼 기회잖은가.

“사부님에 이어 제게도 패하겠군요.”

자신만만한 얼굴로 추성을 바라봤다.

추성의 입가에 실낱같은 미소가 그려졌다.

“후후후. 대공은 삼황과 삼선의 후예들을 모두 꺾었다. 현재의 너로
서는 불가능한 일이지. 그들부터 상대해 보는 건 어떻겠느냐?”

“그들을 찾아다녔다가는 평생이 걸릴지도 모릅니다.”

“네가 이곳에 있는데 그들이라고 자기 집에만 있으란 법은 없지. 일
단 저들을 상대해 보거라.”

추성의 말이 끝나기 무섭게 뒤쪽에서 명무상 등이 모습을 드러냈다.
팔이 없는 사람, 다리 한쪽이 없는 사람… 령요를 제외하고 모두 정상
이 아니었다.

해빈은 자신있었다.

‘한 명에 일 초씩, 오 초 이내에 끝낸다!’

第八章
폐허가 된 마벌

"담사우란 쥐새끼가 부하들을 데리고 어디론가 떠났습니다."

아리대부인은 초점을 앞쪽에 두었다가 한쪽 눈썹을 치켜 뜨며 고개를 끄덕였다.

뭔가 신경 쓰이는 일이 있는지, 표정이 밝지 못했다.

"알았다. 다른 소식은?"

전에 없이 그녀의 고개가 보고하는 부하의 위치로 돌려졌다.

기다리는 소식이 있기 때문이다.

사망적혈단의 괴멸 소식이 아직까지 들리지 않았던 것이다.

칠왕과 모대건 등의 실력이라면 그곳에 하루만에 도착했을 터였다.

즉, 벌써 괴멸됐다는 소식이 들리고도 남을 시간인 것이다.

그러나 괴멸 소식은커녕 연락 자체가 두절된 상태였다.

"…없습니다."

"……!"

아리대부인은 잠시 대답을 미루다가 결정을 내렸는지 단호한 목소리로 명령을 내렸다.

"그들의 흔적을 추격하여 어찌 된 일인지 알아봐라."

"담사우는 어찌할까요?"

"먹을 거 없나 기웃거리는 쥐새끼 따위는 언제든 죽일 수 있다. 어차피 곧 만나게 될 테니, 신경 쓰지 마라."

"예."

하루만 기다리면 무슨 일인지 알 수 있을 것이다.

그녀의 입장에서는 칠왕과 진의십이천이 모두 몰살당했다고 해도 놀랄 일은 아니었다.

소소마군을 제압하고, 탑탑마군과 마영마군까지 실혼인으로 만들어 놓았다. 마엽 정도 되는 고수만 아니라면 그녀의 뜻에 거스를 자는 없다고 봐도 무방했다.

화룡이 제아무리 강하다 해도 강시로 화한 삼마군에 비할 바는 아니었다.

마엽의 도움으로 현월의 기운까지 주입된 상태가 아닌가.

"마엽이 돌아오면 강시가 된 삼마군과 함께 제압하려던 계획은 잠시 보류해야겠다. 삼황과 삼선의 후예들이라……."

운남성과 안휘성, 해남도에 기묘한 일이 발생했다.

각 성에서 난다 긴다 하는 자들이 일제히 사라졌다.

세 곳뿐만이 아니었다. 정체를 알 수 없는 무리들이 일제히 산서성으로 몰려들고 있었다.

그녀의 직감상 좋지 않은 일이었다.

그들이 약속이나 한 듯 일시에 모습을 드러낸 데엔 반드시 이유가 있는 것이다.

움직여야 할 때라고 느꼈거나, 누군가가 그들을 움직이게 만들었거나, 둘 중 한 가지이리라.

그녀의 이목을 속이고 그렇게 움직일 세력은 없었다.

그러나 마엽이 진의맹에 나타난 과정을 떠올리자, 모든 것이 쉽게 풀려졌다.

마엽이 두려워하는 사형이란 자가 있듯이, 그들이 두려워하는 새로운 강자가 나타났으리라.

그가 누구냐!

계속해서 그녀를 괴롭히는 화두였다.

"방해하는 자는… 삼황과 삼선 본인들이 나타나도 용서 못해. 내게는 그만한 힘이 있어."

번뜩!

그녀의 눈에서 섬광이 폭사됐다가 거두어졌다.

"생각을 바꿨다. 쥐새끼를 쫓아가 내가 직접 사망적혈전을 없애 버리겠다."

*　　　　*　　　　*

아리대부인의 생각처럼 사망적혈단은 쉬운 곳이 아니었다. 아니, 한 사람이 이곳을 방문하면서 그렇게 변했다.

"담 전주를 만나러 왔다."

위지무는 헤벌쭉 웃는 얼굴로 위사를 바라보며 말했다.

위사 두 사람은 경계심 가득한 눈초리로 노려볼 뿐, 이렇다 할 행동을 취하지 않았다.

"뭐해. 빨리 들어가서 알려야지."

"전주님께선 지금 출타 중이십니다."

"그럼 들어가서 기다리지. 안내해라."

챙―

위사 둘은 검을 빼 들며 위지무의 발길을 막았다.

"외부인은 출입을 금하라는 명령을 받았습니다."

"외부인? 하하하. 그거라면 걱정 마라. 난 외부인이 아니니."

두 위사가 위지무의 말을 믿을 리가 없었다.

또다시 검을 교차시킨 채로 완강한 몸짓을 보였다.

"……."

위지무의 안색이 서서히 굳어갔다.

한시라도 빨리 악성의 소식을 듣고 싶은 그였다.

'이것들을 패대기치고 들어가서 담 전주의 행방을 알아봐?

위사들에게 한 번의 기회를 주기로 했다.

"너희들 잘 생각해. 담 전주 정도 되는 사람한테 나처럼 대하는 사람 본 적 있어?"

두 위사는 눈을 끔뻑이다가 고개를 저었다.

"없습니다."

"사망적혈단에 해코지라도 하려면 나처럼 당당하게 정문으로 오겠냐?"

역시나 두 위사는 고개를 저었다.

"이번이 마지막이야. 안에다 위지무라는 사람이 담 전주를 찾아왔다고 전할래, 말래?"

두 위사가 심각한 표정으로 갈등하는 모습을 보이자, 위지무가 쐐기를 박았다.

"이 말이 끝날 때까지 둘 중 아무도 안에다 보고를 하지 않으면 정문이 박살나는 걸로 시작해서 완전히 내부를 쑥대밭으로 만들겠다. 그것은 순전히 니들 책임이고."

눈을 부라리며 얼굴을 바짝 들이대는 위지무의 모습.

"……!"

"……!"

두 사람에겐 공포, 그 자체였다.

"아, 알았습니다. 안에 기별을 하겠습니다."

안에다 기별할 내용이야 뻔하잖은가.

두 사람으로는 막을 수 없는 고수가 방문했다. 그러니 알아서 지원군을 보내달라. 이런 수순이 아니고 뭐겠는가.

그러나 안에서의 반응은 위지무의 예상과 완전히 달랐다.

덥수룩한 수염을 단 노인이 급하게 뛰어나오며 반갑게 위지무를 맞이하는 것이 아닌가?

"어서 오십시오, 위지 대협!"

'어?'

"전주님께서 수차례 위지 대협에 대한 말씀을 하셨습니다. 이렇게 헌앙한 모습을 뵈니, 영광이 아닐 수 없습니다. 허허허."

"……."

"일단 안으로 드시지요. 저는 송문관이라 합니다."

땅거미 지는 시각에 찾아와 진귀한 음식으로 속을 채운 뒤 술까지 몇 잔 들어가자, 벌써 새벽이 깊었다.

그런 위지무의 기분을 깬 것은 아주 작은 파공음이었다.

"……!"

취기로 옹알거리던 위지무의 눈에서 번갯불이 번쩍였다.

위지무를 대접하기 위해 나선 사망적혈전의 원로들은 갑작스런 위지무의 태도에 의아함을 감추지 못했다.

"위지 대협, 무슨 일이십니까?"

송문관은 질문을 하면서도 '무슨 눈빛이 저런가!' 라며 속으로 기함을 지르고 있었다.

바라보는 것만으로 오금이 다 질릴 정도였다.

다른 원로들은 줄곧 송문관의 태도가 과하다고 생각했다.

그러나 위지무의 눈빛에 압도되어 곧바로 자세를 갖추었다.

위지무는 야공을 바라보며 중얼거렸다.

"분명히 누가 다가오는 것 같았는데……."

"허허허. 이곳에 올 사람은 없습니다."

"그런가요……."

위지무가 못 미더운 눈으로 정문 쪽을 바라봤다.

"위지 대협, 뭘 발견하셨습니까?"

"아닙니다. 하긴 내 복에 편하게 있을 리가 없지요."

"……?"

위지무의 눈은 어느새 우울해져 있었다.

영문을 모르는 원로들은 서로 눈치를 보다가 슬며시 자리에서 일어났다.

위지무의 실력이 어느 정도인지는 몰라도 조금 전의 눈빛 하나만은 인정을 해야 했다.

"송 원로께서 나오시기에 따라나섰지만, 무슨 일입니까?"

"글쎄요. 저도 잘……."

"저 녀석이 자리는 지키지 않고 왜 오는 게지?"

순찰을 맡고 있는 부하가 급히 뛰어오는 모습이 보였다.

부하는 헐떡거리며 숨을 몰아쉬었다.

"지, 지금… 헥헥… 밖에… 전주님을 찾는… 막무가내입니다."

"손님이 왔다고?"

"어, 엄청난 미인과… 절세고수들입니다. 먼저 온 자와는… 비교도 할 수 없……."

송문관은 급히 말을 자르며 뒤를 돌아봤다.

"알았다. 곧 나갈 테니 너는 그만 위치로 돌아가라."

정문까지는 못해도 사십여 장.

'위지 대협은 이미 알고 있었다는 말인가?'

송문관은 정문을 나서자마자 그 자리에서 굳어버렸다.

평생 수많은 미인을 봐왔으나, 눈앞의 여인처럼 아름다운 사람은 본 적이 없었다.

나이도 잊고 엄중한 말투로 질문을 건넸다.

"소저께서는 무슨 일로 본 전을 방문하셨는지요?"

"은하련에서 담 전주님을 뵈러 왔습니다."

"혹시… 은하련주십니까?"

"……!"

북궁운혜는 오히려 어떻게 알았는지 되묻고 싶었다.

"담 전주님과 무척 가까운 분이신가 보군요."

송문관의 예상이 맞았음을 암시하는 말이었다.

"어이쿠, 실례했습니다. 기별을 주셨으면 마중을 나갔을 겁니다. 아! 이럴 것이 아니라 안으로 들어가시지요."

담사우를 곁에서 가장 많이 도와주는 원로가 송문관이었다.

공적인 얘기 외에 가끔씩 던지는 말들을 들었기에 위지무를 알고 있었고, 북궁운혜에 대해서도 알고 있는 것이다.

송문관이 북군운혜를 안내하려 막 돌아설 때였다.

갑자기 숨이 턱 막히는 기분이 들었다.

"……?"

정문을 지나자, 위지무가 팔짱을 낀 채로 나무에 등을 기대고 서 있었다.

북궁운혜 일행을 확인하고는 시큰둥하게 말했다.

"난 또 적이라도 되는 줄 알았네. 어이, 거기 형씨. 그렇게 기세를 피우면 적을 유인하는 것 같잖아. 쳇."

위지무가 '형씨'라고 부른 사람은 단정이었다.

북궁운혜는 위지무를 보면서 활짝 웃었다.

'위지무… 저분도 다시 세상에 나왔구나.'

단정이 기세를 피워 올린 이유를 납득시킬 만큼 위지무의 무공은 몰라보게 강해져 있었다.

단파가 발끈하려는 단정보다 먼저 앞으로 나섰다.

"위지무, 오랜만이구나."

"응? 어어… 이름이, 이름이……."

“단파.”

위지무는 손뼉을 치며 소리쳤다.

“그래, 단파! 조금만 시간이 있었어도 기억해 내는 건데. 그건 그렇고, 여기는 어쩐 일이지?”

단파는 위지무의 어이없는 행동에 웃음 짓고 말았다.

능글거리는 성격은 여전했다.

“무혼지주가 활동을 시작했는데, 네가 빠질 리가 없지. 잘 지냈나?”

“…….”

위지무는 갑자기 팔짱을 풀고서 단파를 노려봤다.

“지, 지금 뭐라고 했지? 주군께서 활동을 시작하셨다고?”

“얼마 전에 두 분이 만나보셨다.”

단파는 북궁운혜와 단정을 차례로 바라봤다.

위지무의 시선이 북궁운혜를 지나쳐 단정에게 향한 뒤, 다시 북궁운혜에게 닿았다.

“북궁… 소저?”

“…….”

“우헤헤헤. 이게 얼마 만입니까. 그동안 정말 아름다워지셨네요. 아니, 원래부터 아름다우셨던가요? 헤헤헤.”

“구유대제님의 진전을 모두 이으신 모양이네요.”

대화를 듣고 있던 송문관의 안색이 확 바뀌었다.

‘구, 구유대제 철완의 제자!’

정작 당사자인 위지무의 표정은 그게 대수냐는 표정이었다.

“기껏 데려가서는 일 년도 넘기지 못하셨어요.”

“아…….”

"에이. 이럴 게 아니라, 앉아서 얘기하지요. 주군을 만나보신 얘기도 좀 듣고요. 어떻게 변하셨던가요? 예전보다 훨씬 강해지셨죠? 별 탈은 없으신 것 같던가요?"

함께 걸어가는 내내 위지무의 수다는 멈추지 않았다.

단정은 인상을 잔뜩 쓴 채로 그 모습을 지켜봤다.

'저자도 악성이란 놈의 부하를 자청하고 있다. 도대체 그놈의 정체가 뭐냐. 구유대제란 이름은 들어본 적 없지만, 저 위지무란 자의 무공은 결코 파의 아래가 아니다. 저런 부하들이 몇이나 되는 거지?'

*   *   *

"훅훅……."

사천성 초입까지 도착했다.

악성은 숨이 턱까지 차오르는 걸 느꼈다.

힘들어서가 아니라, 제제가 어떻게 됐을지 걱정이 돼서 긴장한 탓이다.

이제 좁은 길을 따라 산 몇 개를 넘으면 마벌에 도착하게 된다.

부들부들 떨리는 몸을 가까스로 진정시키며 걸었다.

한 발, 두 발…….

쉬아아아— 앙—!

도저히 참을 수가 없었다.

이미 오감을 극대화시킨 상태라, 백 장 밖의 아주 작은 소리도 들을 수 있었다.

소리가 없었다.

아무 일도 없을 거라고 위안하지만, 눈으로 확인하기 전에는 안심이
되질 않는 것이다.

지켜야 할 사람이 저 산 너머에 있었다.

암황무적군단의 위용에 감탄하던 때가 엊그제 같았다.

마벌에 다가갈수록 불안해졌다.

'아니야……!'

제제에게 한 번도 사랑한다는 말을 해보지도 못했다.

그럴 시간은 얼마든지 있다고 스스로 위안하지 않았던가.

묵동의 주인이 되었다고 자랑하고 싶었다.

그냥 곁에서 잔소리만 해주면 평생 행복하게 해주겠다고 말하려 했
다.

거의 다 됐는데…….

불안감이 온몸의 근육을 마구 뒤틀었다.

"제매……!"

부른다고 대답할 거리도 아니었지만, 그렇게라도 하지 않으면 안심
이 되질 않았다.

'제발 무사해.'

괜찮을 것이다. 무사할 것이다.

고개를 들어 남은 거리를 어림짐작해 본다.

모대건이 알려준 마벌의 위치는 정확했다.

마벌의 정문이 보였다.

퍼석거리는 소리를 뒤로하고 그대로 정문을 뛰어넘었다.

낯선 건물들이 보인다. 암황무적군단의 규모와는 비교도 할 수 없는
작은 규모였다.

무너진 건물이 눈에 들어왔다.

“……!”

불에 댄 듯, 얼굴이 시큰거렸다.

제제를 찾아야 했다.

입에서는 자꾸만 신음 소리가 새어 나왔다.

“끄음…….”

입구에 널브러진 시체들.

그중에 아는 얼굴은 한 명도 없었다.

훌쩍 뛰어올라 내려앉은 전각의 지붕으로 올라갔다.

전각 뒤쪽에 있는 시체들은, 정문의 시체들에 비해 십분의 일도 채 안 될 것 같았다.

답답했다.

무너진 건물들의 잔재는 뒤쪽이 더 심하건만 시체는 오히려 적었다. 이것이 뭘 뜻하는지 전혀 짐작할 수 없었다.

“제발…….”

어떠한 흔적이라도 좋으니, 눈으로 확인할 수 있었으면.

손짓에 따라 잔재들이 이리저리 터져 나갔다.

악성의 양손이 땅을 힘껏 때렸다.

쿵—!

어깨에 잦은 경련이 일었다.

한동안 악성은 멍하니 석상이 됐다.

반 시진가량을 그렇게 앉아 있던 악성은 이내 미친 듯이 마벌 전체를 돌아다니며 뒤지고 찢어내고, 때려 부쉈다.

“왜 이런 일이 생기도록 만들었을까… 왜!”

스스로에게 던진 질문이었다.

다시 넋을 놓으려 할 때였다.

번뜩이는 생각이 자리를 박차게 만들었다.

휘청—

마음을 단시간에 모두 쏟아냈기 때문이지, 중심을 잃고 잠시 휘청거렸다.

'정신이 없어서 미처 그 생각을 못했구나!'

적무극이 사형이라 부를 정도의 인물이라면 제륭이 있지 않고서는 상대할 사람이 없었으리라.

악성은 얼굴이 환해지며 재빨리 땅으로 내려왔다.

땅에다 귀를 대고 눈을 감았다.

"……."

직접 땅속으로 파고들기라도 하는 것처럼 악성의 몸이 땅과 완전히 밀착됐다.

일각, 이각…….

완전한 고요의 상태로 변한 땅 위와 달리, 땅속 깊은 곳에서 묘한 울림이 전해졌다.

'누군가 있다!'

마엽이란 자 역시 악성과 같은 방법을 사용하기는 했을 것이다.

그러나 사람의 내공이란 한계가 있잖은가.

악성은 내공이 아닌, 원리를 이용해 찾는 중이었다.

땅이 지니고 있는 성질을 받아들이면서 이질적인 기운을 만날 때까지 계속해서 땅과 하나가 되어가는 것이다.

어느 정도의 깊이인지는 몰라도 사람으로 추정되는 온기가 느껴지는 곳이 있었다.

"악 공자님!"

긴장을 일시에 풀어버리게 만드는, 허망하지만 반가움 가득한 목소리가 악성을 맞아주었다.

지하로 통하는 통로는 우물가였다.

너무 발견하기 쉬워서 오히려 찾기 어려운 곳이 된 셈이다.

지하 백 장 깊이에 약 이백여 명이 숨을 수 있는 공간이 만들어져 있을 줄 누가 짐작이라도 했겠는가.

신도장후는 오 년 전에 비해 몰라보게 말랐다.

악성은 지하 광장으로 들어오자마자 시선을 가만히 내버려 두지 않았다.

"악 공자님."

신도장후가 다시 불러보지만 마찬가지였다.

"제… 가 보이지 않습니다. 제는 어디 있습니까, 예?"

"벌주께선 무사하십니다."

"어디 있습니까!"

"이곳에 계시지 않습니다."

"예?"

"진의맹으로 가셨습니다."

"진의맹이요?"

"삼마군 때문입니다."

"제와 동행한 것이 아닙니까?"

"진의맹으로 가신 뒤, 세 분 다 소식이 두절됐습니다."

“……!”

악성은 청천벽력이라도 들은 사람처럼 눈을 휘둥그레 떴다.

“그는 어디 있습니까?”

“그?”

“이곳을 폐허로 만든 자 말입니다.”

신도장후의 눈에 이채가 발해졌다.

“굉장한 자더군요. 삼마군이나, 천마구로가 나서지 않으면 도저히 당적할 수 있는 자가 아니더군요. 이 정도의 피해만으로 속일 수 있었던 것이 다행입니다. 허허허.”

“마마천황의 후예 중 한 명이란 얘기를 들었습니다.”

“역시…….”

신도장후는 별로 놀라지 않는 표정으로 악성에게 질문을 던졌다.

“주군께선 함께 오시지 않으셨나요?”

신도장후의 주군은 한 사람뿐이었다.

악성은 잠시 대답을 주저하다가 침중한 안색으로 대답했다.

“제… 어르신께선…….”

“……?”

“천산에… 계십니다.”

파르르—

주름진 신도장후의 눈꺼풀이 아래위로 빠르게 떨렸다.

악성의 말은 이어졌다.

“현월여의선의 후예가 심어놓은 기운 때문에…….”

“큭…….”

“신도 군사님!”

가슴을 부여잡고 제자리에 주저앉은 신도장후는 심호흡을 길게 내뱉고서야 숨을 편안히 고를 수 있었다.

한 사람의 그림자로 몇 십 년을 지낸 그였다.

"이대로… 잠시……."

말을 멈춘 신도장후는 뒤를 향해 손짓했다.

다가온 사람은 스물 중반 정도의 나이에 총기 가득한 청년이었다. 신도장후는 청년을 보며 고개를 끄덕였다. 그러자 청년은 부축하려는 손길을 멈췄다.

"악 공자님은 혹시 천마환을 얻으셨습니까?"

"진짜 이름은 무무환입니다."

"허허허. 역시… 악 공자님을 손녀사위로 결정하시며 얼마나 기뻐하셨는지 모릅니다. 제 아가씨께서 천마환을 건네셨을 때도 제대로 된 인연을 만났을지 모른다고 하셨지요."

"말씀은 나중에 하시고 안정을 취하시는……."

"제 아가씨께선 지난 오 년간 하루도 악 공자님에 관한 얘기를 거르지 않으셨습니다. 세상에 누가 예상이나 했겠습니까. 제 아가씨께서… 커흡……."

"저도 많이 놀랐습니다."

"원래 따뜻한 분이십니다. 악 공자님이 다시 무림에 나오면 이전과 같은 모습은 보이지 않겠다며 다부지게 수련을 하셨습니다."

"안 봐도 제가 얼마나 열심히 수련했을지 보입니다."

신도장후는 악성의 대답을 음미하는 표정으로 숨을 골랐다.

쌕— 쌕—

'이제는 내가 없어도 되겠어. 주군을 한 번만 뵙고 싶었…….'

잠시 눈을 떴다가 이내 '스르르' 눈을 감았다.

"신도 군사님!"

악성은 눈감은 신도장후를 흔들었다.

그러나 이미 그의 몸은 급격히 식어갔다.

한동안 지켜만 보고 있던 청년이 나섰다.

"사부님께선 벌써 떠났어야 할 몸이라고 여러 차례 말씀하셨습니다. 주군을 뵙고 가야 한다고… 차라리 다행입니다. 벌주님께서 항상 말씀하시던 악 공자님을 실제로 뵙게 되어 영광입니다."

"……."

청년의 태도는 이미 준비된 사람의 그것이었다.

악성이 나타나 사부가 죽게 됐다고 여긴다 해도 어쩔 수 없는 상황이건만, 거기에 대해서는 한마디도 하지 않았다. 하지 않았다.

청년은 능숙하게 신도장후의 시신을 안고 어둠 속으로 사라졌다.

악성은 신도장후의 죽음이 안타깝기는 했지만, 제제가 무사하다는 사실에 그러한 생각을 털어버릴 수 있었다.

청년과 다시 만나게 된 것은 사람들과 함께 지상으로 올라온 다음이었다. 사람들과 섞이지 못하고 한쪽에 떨어져 있는 악성에게 먼저 말을 붙여 왔다.

"악 공자님께선 마벌이란 이름을 어떻게 생각하십니까?"

엉뚱한 질문에 악성은 의아한 눈으로 청년을 쳐다봤다.

"……?"

"어찌 됐든 상관없다는 뜻인가요?"

악성은 청년이 신도장후의 죽음에 화가 나 있다고 판단했다.

"신도 군사님이 돌아가신 일은 나도 유감이네. 하지만……."

"제가 화가 났다고 여기신 모양입니다. 아닙니다. 그저 어릴 때부터 해오던 걸 말씀드린 것뿐입니다."

'어릴 때부터?'

청년이 너무 멀쩡하게 말을 하는 바람에 악성이 오히려 당혹스런 표정을 짓고 말았다.

"그러고 보니, 자네는 내 이름을 알고 있는 것 같은데, 나는 자네의 이름도 모르고 있군. 이름이 뭔가."

"…마웅관 출신의 가류운입니다."

"마웅관?"

굳이 이름을 말하기 전에 출신부터 말하는 이유가 뭐란 말인가.

청년은 쓸쓸하게 웃으며 재빨리 말을 이었다.

"그런 곳이 있었습니다."

"자네가 말하는 마웅관이, 암황무적군단의 정예를 배출하는 곳이라면 나도 알고 있네."

"알고 계셨습니까? 하하하."

가류운의 눈빛이 달라졌다.

악성과 만난 이후, 처음으로 사람다운 표정을 짓고서 웃기까지 했다.

"그곳은 암황무적군단을 빛낼 유일한 곳입니다!"

"나도 위지 각주에게 그렇게 들었네."

"위지무 각주님을 아십니까?"

"나와는 아주 각별한 사이지."

"그럼 마벌이 다시 암황무적군단이 되는 겁니까? 악 공자님께선 그러실 생각이신 겁니까?"

"……."

가류운은 겉으로 보기엔 이성적이어도 속에 있는 생각을 숨기지 못하는 류의 인물인 모양이다.

암황무적군단 시절에 마웅관에 들어간 인재 중 한 명인데, 급격한 변화에 적응하기가 쉽지 않았던 것이리라.

"돌아가고 싶은가, 암황무적군단으로?"

"당연합니다! 제 어릴 적 꿈인 사패의 주인이 되어 단주님을 보필하는 것입니다. 아아……."

가류운은 급하게 말을 하다가 후회하며 급히 말을 멈추었다.

"그냥 그랬다는 말입니다."

"그냥이라면 곤란하군."

"……."

"제 어르신의 모든 것이 담겨 있는 곳을 버리고 이곳에 왔을 때는 제를 비롯해 삼마군 어르신들도 많이 힘드셨을 거야. 자네의 심심풀이 소원을 말할 수야 없지."

"간절히… 바랍니다."

"후후후. 사실 나도 마벌이란 이름은 별로 마음에 들지 않아. 제 어르신의 기상이 전혀 살아나질 않잖아."

"맞습니다!"

가류운은 신도장후의 죽음과 함께 사라져 버릴 것이라 여겼던 꿈을 다시 꿀 수 있을 거란 생각에 활짝 웃었다.

"이곳은 저와 동료들이 알아서 정리하겠습니다."

"아닐세."

"사부님께선 그자가 이곳을 폐허로 만들 때까지 지켜만 보라고 하셨습니다. 주군을 보필하기 위해서는 지켜만 보는 것도 필요하다고… 이제부터는 제가 알아서 판단하고 결정해야 할 것 같습니다. 나중에 벌주님과 돌아오셔서 어떻게 달라졌는지 봐주십시오."

"……."

가류운은 벌써 암황무적군단의 이름으로 안 될 것이 없던 때를 떠올리며 긍지를 되새기는 눈치였다.

준비된 사람에겐 빛이 난다. 가류운은 어떻게 이곳을 보수할지 벌써 계획이 서 있는 것이다.

악성이 그 모습에 혼잣말로 중얼거렸다.

"마엽이란 자는 암황무적군단을 건드린 것이 얼마나 실수였는지, 죽어서도 잊지 못할 거야."

가류운은 절로 고개를 끄덕였다.

악성의 말에 이제는 완벽하게 신뢰감이 깃든 탓이다.

단순하지만, 명쾌한 관계.

악성은 자신의 꿈을 이뤄줄 사람이다.

고로, 어떤 말이라도 믿어야 한다.

이것이 신도장후가 가류운에게 알려준, 군사로서 주군을 대하는 자세였다.

*　　　*　　　*

제제는 알아서 가겠다는 은소란을 데리고 산서성까지 왔다.

그녀가 착한 마음 때문에 그냥 보내지 못한 것이다.

일부러 사람들의 눈에 띄지 않도록 평범한 주루를 고르자고 고집한 사람은 은소란이었다.

"몸은 좀 괜찮으세요?"

"처음부터 괜찮았다."

"안색이 좋지 않으세요."

"쉬면 된다. 아직 연락은 없느냐?"

"표식을 남겼으니 곧 찾아올 거예요."

제제의 몸은 아무런 이상이 없었다.

흡수되지 못한 천마구로의 내공이 제제의 단전에 쌓이면서 생기는 일시지간의 변화일 뿐이기 때문이다.

화제를 은소란의 얘기로 돌렸다.

"그 사람에게 시집을 갈 생각이냐?"

"어릴 때부터 그것이 제 운명이었습니다."

"운명이란 말은 함부로 하는 게 아니야."

은소란은 잠시 대답을 주저하다가 말했다.

"…저도 그렇게 생각합니다."

"그럼 가지 마."

은소란이 힘겹게 제제의 손에서 벗어났다.

"지금까지 제가 바라보던 분이세요. 가야 해요."

제제는 묘충이 목숨을 걸고 찾으려는 소주란 자가 생각하면 생각할수록 괘씸했다. 묘충은 소주란 자와 함께 해남도로 돌아가면 지위가 보장되니까 움직였을 것이다.

그러나 은소란은 왜 목숨을 걸고 움직여야 하는가.

그녀가 아니면 안 된다고 했으리라.

묘충의 행동이 정말 마음에 들지 않았다.

"남자는 잘 만나야 돼, 나처럼."

"정인께선 대단한 분이신가 봐요."

"대단… 하지."

제제의 얼굴이 발그레해졌다.

"호호호. 별소릴 다 하네."

"그분 말씀만 하시면 웃으시네요."

"너도 진짜 사랑하는 사람을 만나. 그럼 나처럼 생각만 해도 웃음이 나와. 그러니까 생각 잘하라고. 너를 이렇게 위험한 곳까지 나오게 만든 묘충과 쿵짝이 맞는 인간이란 걸 잊지 말고."

"……."

막 은소란이 주루 지붕에 매달려 있는 작은 기(旗)를 확인한 후 돌아설 때였다.

탁.

누군가와 부딪쳐 넘어지고 말았다.

"어맛!"

"어이쿠, 조심 좀 하시……."

사내는 은소란을 일으켜 주려 다가갔다.

은소란은 재빨리 일어나 사과부터 건넸다.

"죄송해요."

"아, 괜찮습니다. 이 정도 가지고……."

은소란의 얼굴을 바라보던 사내가 말을 끝까지 잇지 못했다.

조신한 몸가짐과 청순가련한 모습이 영락없는 사내가 꿈에도 그리던 여자였다.

사내가 갑자기 자리에 쓰러졌다.

"윽! 남자의 가장 중요한 허리가! 이, 이런 아직 장가도 못가고 이런 꼴이 되다니… 크흑! 어무이!"

"……!"

사내의 음성이 어찌나 절절하던지, 은소란은 자신도 모르게 다가가 부축해 주었다.

"죄송해요. 하지만 그렇게 강하게 부딪치진……."

"사람의 혈은 모두 삼백육십 개. 그중 하나만 잘못되어도 심각한 일은 얼마든지 벌어질 수 있습니다."

"그, 그렇기는 해도……."

사내의 적반하장은 계속 이어졌다.

"소저가 보기엔 제가 일부러 다친 척을 하고 있는 것 같습니까, 예? 천하의 이, 위지무가 어디 할 짓이 없어서 그런 일을 한단 말입니까!"

"예에… 위지무 대협이셨군요."

"딱히 이름을 말하려고 한 건 아니지만, 남들도 그렇게 부르니 소저도 그리 부르시면 될 겁니다."

"알겠습니다, 위지 대협."

"윽!"

"괜찮으세요?"

"안 괜찮습니다. 어깨 좀 부축해 주십시오."

"예?"

은소란은 당황스러운 주문에 일순 멍해지고 말았다.

위지무는 이때다 싶었는지, 일어서다 말고 허리를 잡고서 식은땀을 주르륵 흘렀다.

"이런, 땀이……."

음한 기운을 먼저 천령개 쪽으로 보내 놓은 후에 다시 양의 기운으로 바꾸면 땀은 언제든 쉽게 흐를 수 있었다.

'몰래 빠져나오길 정말 잘했다!'

은소란에게 첫눈에 홀랑 반하고 말았다.

위지무가 가장 좋아하는 류의 여자가 바로 은소란과 같은 청순하면서도 이지적이고, 아픈 사연을 지닌 듯한 여인이었다.

그러나 식은땀을 흘리며 앞으로 어떻게 상황을 전개해 나갈지에 대해서 생각하던 그에게 청천벽력과도 같은 음성이 들려왔다.

"오호, 이게 누구야? 위지무!"

섬뜩!

서늘한 기운이 등에서 시작되어 뒷골까지 다다르는데 촌각도 걸리지 않았다. 거기서 끝이 아니었다. 들려온 음성이 마른침을 삼키게 만들었다.

꿀꺽—

위지무는 등 뒤로 돌아서지 못하고 제자리에서 굳어버렸다.

날카롭고 위협적이며, 사람의 오금을 저리게 만들어, 절로 고개를 움츠러들게 만드는 음성은 오직 한 명의 음성뿐이었다.

슬그머니 돌아선 그의 눈이 점점 커지더니 곧장 무릎을 꿇었다.

"위지무가 주모님을 뵙습니다!"

제제는 반가움에 한달음에 달려가 위지무의 어깨를 잡았다.

"오랜만이야."

위지무는 제제의 행동에 다행이다 싶었는지 활짝 웃었다.

“그동안 뵙……."

그러나 위지무는 말을 끝까지 하지 못하고 뒤로 나가떨어져야 했다.

퍽―!

“컥!"

“그동안 연락도 없었던 벌이야. 왜, 불만있어?"

절레절레.

배를 움켜쥔 위지무는 대답 대신에 고개를 있는 힘껏 저었다.

최대한 웃는 얼굴로 바라보는 것도 잊지 않았다.

그 모습에 제제는 장난기 어린 표정으로 물었다.

“어디 아파? 왜 이리 땀을 흘려? 말해봐, 아픈 곳을 중심으로 다시는 아프지 않도록 도려내 줄 테니까."

“헤… 헤헤헤. 저도 제 몸 중에 어느 한 곳이 아팠으면 좋겠습니다. 헤헤헤."

“그래?"

“예!"

지켜보던 은소란이 입을 가리며 웃었다.

“호호호."

위지무는 은소란의 웃음을 들으며 속으로 얼마나 울었는지 몰랐다. 이런 모습을 보였으니, 자신을 어떻게 보겠는가 말이다.

그러나 제제는 그가 어찌해 보고 말고 할 상대가 아니잖은가.

은소란을 돌아보며 비굴한 얼굴로 말했다.

“헤헤헤. 소저께서 기쁘셨다니 다행입니다."

제제를 따라 주루로 들어선 위지무는 정천에서 헤어진 이후부터 사망적혈단에 오기까지 모두 설명을 했다.

"…한데, 기다리던 담 전주는 오지 않고 무료하게 시간만 보내고 있습니다. 주군께선 언제 도착할 예정이십니까?"

"뭐? 지금 뭐라고 했어. 성랑께서 천산을 떠나셨다고?"

꿀 먹은 벙어리의 표정이 이럴까.

위지무가 꼭 그 짝이었다.

"엄……."

갑자기 다그치는 제제의 질문에 위지무는 당황한 표정으로 더듬으며 대답했다.

"저는, 그러니까… 담 전주가 주군과 연락을 취했다고… 주군께서 곧 사망적혈단에 도착하신다고… 들었습니다."

제제는 자신도 모르게 떨리는 목소리로 중얼거렸다.

"아아… 성랑께서 나오셨구나. 나오신 거야."

곧 울음이라도 쏟을 기세였다.

"하하하. 담 전주가 어지간히 바쁜 모양입니다. 그런 중요한 사실도 알리지 않고 말입니다. 아마 나중에 주모님을 깜짝 놀라게 해주실 요량으로… 그건 그렇고, 저 아름다운 소저는 뉘신지 소개 좀 해주시면 안 되겠습니까?"

제제는 계속해서 은소란을 주시하는 위지무의 머리를 쥐어박았다.

딱―

"꿈 깨. 임자있는 몸이야."

"헉!"

"정혼자를 기다리는 중이니까, 껄떡거리지 마."

위지무는 하늘이 무너질 것 같은 한숨을 내쉬었다.

"아아… 이럴 수가……."

*　　　*　　　*

제제가 머무는 주루에서 멀리 떨어지지 않은 화려한 주루.

해빈은 들어오는 갈의사신 구양비를 돌아봤다.

다리 한쪽이 잘렸는데도 움직이는 모습이 전혀 이상하지 않았다. 신법의 고수다운 모습이었다. 명무상 등이 해빈에게 바라는 것은 한 가지였다.

자신들 대신 한 여인과 싸워서 이겨달라는 것이다.

은소란을 찾고 해천월이 남긴 무공을 받아서 해남도로 돌아가는 일이 무엇보다 시급했으나, 삼황의 후예로서 한 번 입에서 나온 약속을 저버릴 수도 없었다.

추성이 보고 있다는 생각에 서두른 것이 실수였다.

구양비가 복잡한 얼굴의 해빈에게 다시 말을 걸었다.

"자네가 찾는 여아의 이름이 은소란인가?"

"맞습니다!"

해빈이 부르짖듯이 외쳤다.

산서성에 도착한 지 불과 몇 시진 되지 않았다.

"혹시… 찾으셨습니까?"

"찾았지. 한데……."

"예?"

곧이라도 이어질 것 같던 구양비의 다음 말은 이어지지 않았다.

"답답합니다. 말씀을 해주십시오. 산서성에서 만나기로 했으니, 지금쯤이면 이곳 근방에 머물고 있을 것입니다.”

“맞네. 이 근방에 있어.”

“……?”

또다시 말을 끊는 구양비를 다른 네 사람 역시 답답하게 여겼는지, 동시에 보챘다.

“구양비, 말을 하시오. 찾았소, 못 찾았소?”

“…찾았소.”

“……?”

이번엔 명무상이 어이없는 얼굴로 구양비를 쳐다봤다.

“찾았는데, 무슨 문제가 있소. 데려오면 되지. 어디 있는지만 말해 주면 내가 가서 데리고 오겠소.”

“그 여아가 마벌의 고수들과 함께 있어도 말이오?”

해빈이 끼어들었다.

“마벌? 그들이 문제가 됩니까?”

명무상이 고민스런 목소리로 대답해 주었다.

“문제가 되지.”

“장소만 알려주십시오. 제가 직접 가서 데려오겠습니다.”

“쉽지 않아.”

“예?”

“천마 제룡이란 이름이 꽤나 심각했던 적이 있거든.”

명무상은 고개를 젓더니 구양비를 다시 돌아봤다.

구양비는 고개를 끄덕였다.

“여아를 수소문하다가 진의맹의 늙은 여우가 산서성으로 출발했다는 소식을 들었네.”

"아리대부인이?"

"천마 제룡과 백리풍이 없는 무림을 독차지한 늙은 여우지. 직접 움직일 때는 그만한 이유가 있을 것이네."

해빈도 아리대부인이란 이름은 알고 있었다.

'아리대부인이라면 진의맹이라는 곳의 실질적인 주인?'

해빈이 의아하게 여기는 것은 다섯 사람이 세력 중 겨우 한 곳의 등장에 너무 민감하게 반응하기 때문이다.

"겨우 늙은 노파 한 명 때문에 조심하라는 말씀이셨습니까?"

"말조심해!"

명무상의 안색이 딱딱해졌다.

철이 없어도 너무 없었다.

비무를 통해서 이미 명무상 등이 보통 고수가 아님을 알았을 텐데도 다음 일에 대해선 관심이 없는 모양이다.

"아리대부인은 보통 여자가 아니야."

해빈은 명무상이 버럭 소리를 지르자, 빈정 상한 표정을 감추지 못했다.

"제가 알아서 하겠습니다. 다섯 분은 이곳에 계십시오."

다섯 명의 눈썹이 역 팔자로 변했다.

꿈틀!

죽으러 가겠다는 말과 다름없는 말이기 때문이다.

명무상은 들어가는 해빈을 보다가 고개를 저었다.

"이보게들, 밑천을 꺼낼 때가 된 것 같은데?"

구양비가 툭 한마디 뱉었다.

"발 빠른 놈들이 여아를 주시하고 있으니, 곧 정확한 소식을 들을 수 있네.”

“호호호. 산서성에 있는 기녀들을 통해서 무슨 일인지 알아보지. 이
봐, 어린 동생, 그래도 먼저 움직이겠다면, 다시 한 번 우리를 상대해야
할 거야. 호호호.”

령요의 요기가 대평원에서 패한 후, 더욱 짙어졌다.

모두 열아홉 명.

아리대부인과 아리운만이 마차에 타고 있고, 다른 자들은 마차 주위
를 보호하며 움직였다.

그중 유독 눈에 띄는 한 사람.

하얀색 발자국을 남기며 움직이는 자였다.

아리대부인의 움직임을 주시하던 꼽추가 발자국을 유심히 살폈다.
그녀 일행이 나온 주루는 화평루(和平樓)란 곳으로 음식과 잠자리만 제
공하는 청루였다.

꼽추는 자신의 뒤에 있는 자를 불렀다.

“이봐, 오살.”

“예?”

“화평루로 가서 무슨 얘기를 나눴는지 알아 와라.”

“알겠습니다.”

꼽추는 두타란 외호로 불리는 신법의 대가였다.

“웃!”

하얀색 발자국을 만지던 손을 급하게 뗐다.

차가웠다.

차르륵—

해빈이 십 장 밖의 솔방울을 향해 손을 뻗자, 붉은 혈린이 손에서 빠져나갔다.

툭—

뒤에서 지켜보던 다섯 사람은 감탄을 금하지 못했다.

'뛰어난 거야 알았지만, 며칠이나 지났다고 실력이 더 늘은 것 같으니…….'

두타의 보고에 의하면 아리대부인과 함께 움직이는 자들은 십여 명이라고 했다.

그러나 그중 신경 쓸 자는 세 명에 불과했다.

물론 그들 셋은 명무상 등을 심각하게 만들었다.

잔혹문주(殘酷門主)와 오보절검(五步切劒)이야 그냥 넘어간다고 쳐도 혼원경(混元徑)이란 이름은 결코 무시할 수 있는 이름이 아니었다. 구유대제, 철전패왕과 같은 시대를 주름잡던 고수이기 때문이다.

'혼원경 정도 되는 자가 왜 늙은 여우를 쫓아다니지? 아직까지 살아 있을 줄은 꿈에도 몰랐구나.'

여의현월혈린도법이 마지막 단계에 이르렀다는 추성의 말이 빈 말이 아닌 모양이다.

비무를 통해 해빈의 실력은 입증됐다.

"움직이지 못하게 해서 꽤나 화가 난 모양이군."

명무상은 해빈의 굳어 있는 얼굴을 보며 장난스럽게 웃었다.

해빈은 대답 대신 무기를 거두었다.

"……."

촤라락—

돌아선 그의 손에는 손바닥만 한 마름모꼴 편(片)들이 겹쳐 있었다. 솔방울을 떨어뜨린 무기였다.

명무상은 이미 한 번 본 무기임에도 떨떠름한 표정을 지었다.

해빈을 상대로 다섯이 모두 덤벼서야 겨우 우위를 점했다.

혈린이라 불리는 해빈의 저 무기만 아니었다면, 지금쯤은 추성과 함께 대평원으로 향했을지도 몰랐다.

"못마땅한 건 우리도 마찬가지일세. 늙은 여우든, 혼원경이든, 우리는 전혀 관심이 없으니까."

"그럼 이쯤에서 돌아가시지요."

"갈! 여의무적도의 부탁으로 도와주는 걸 다행으로 여겨! 늙은 여우와 혼원경이 손을 잡았다는 건… 에휴, 그만두자."

"그래 봐야 평범한 무림인일 뿐입니다, 삼황과 삼선의 후예와는 비교 자체가 되지 않는!"

"그들의 무공이 형편없다? 헛소리!"

"말조심하십시오! 사부님과 한 약속 때문에 동행하고 있지만, 사부님을 비웃는 말투는 삼가주십시오."

"큭. 너 때문은 아니고? 삼황과 삼선의 후예들이 이제 곧 이빨을 드러낼 것이다. 무림을 얻으려는 자들이 그걸 모를 리가 없지. 늙은 여우와 혼원경은 백 년을 산 자들이다. 그런 자들이 무림에 흐르는 이상기류를 눈치 채지 못했을까? 그들 둘은 우리도 상대하기 꺼리는 실력자들이야. 무림에는 삼황과 삼선의 무공 외에도 수많은 무공이 있다."

"모두 그저 그런 무공들일 뿐입니다."

명무상은 쓴웃음을 짓고 말았다.

피의 순환이 멈췄다?

쉭쉭—

악성은 눈앞을 빠르게 지나치는 경물들에 시선들 던졌다.

'올 때는 몰랐으나, 정말 멀구나…….'

마벌을 떠나기 직전에 가류운으로부터 안심할 수 있는 말을 들었다, 제제가 무사히 산서성에 도착했다는 연락을 받았다는 것.

마벌로 갈 때 길을 방해했던 자가 생각났다.

추성이 방해한 시간은 짧았으나, 그 시간이면 죽을 사람도 살릴 수 있는 시간이었다.

추성의 모습을 떠올렸다.

'당신이 누군지는 모르지만, 만약 제가 무사한 것을 다행으로 여겨야 할 것이오.'

후우우— 웅—

바람이 악성의 뒤를 따라오다가 옷 안을 부풀리게 만들었다.

속도를 순간적으로 줄여서 바람이 등부터 덮친 까닭이다.

위이— 잉—

'……?

이명(耳鳴)이 들렸다.

지나치는 바람 소리는 아니었다.

외부에서 들려오는 소리가 아니라, 무언가 자극을 받아 머릿속에서 조심하라고 경고하는 소리였다.

그러나 한참을 공중에 뜬 상태로 있어도 다시 들리진 않았다.

잠잠…….

'잘못 들었나?

막 힘을 모으려던 악성의 신형이 급하게 멈춰 섰다.

"흡! 이건 살기다."

추성의 공격과는 비교도 할 수 없는 날카로움이 순간적으로 악성의 몸을 꿰뚫는 것만 같은 느낌!

악성은 허공에 멈춰 선 채로 피를 빠르게 순환시켰다.

심장에서 시작된 팽창이 전신으로 쫙 퍼졌다.

'분명이 누군가 있다.'

쏴아아아—

바람이 땀을 식히며 어디론가 날아갔다.

그러나 여전히 어디에서도 예기는 느껴지지 않았다.

다시 움직이기 위해 호흡을 들이마실 때였다.

'헛!'

이번에는 조금 전보다 강한 예기가 느껴졌다.

역시나 방향은 알 수 없었다.

목표가 허공에, 그것도 가만히 멈춰 서 있을 때 공격하지 않는다? 살수라면 이런 식의 경고는 하지 않을 것이다.

주위를 둘러보던 악성의 시선이 전방을 향했다.

예기는 움직이면 경고하고 멈추면 사라진다.

슥―

악성이 움직이는 시늉을 하자, 어김없이 예기가 어디선가 송곳처럼 날아왔다.

'저기다!'

전방, 무려 백여 장도 넘는 거리에서 무언가 번쩍거린 것을 볼 수 있었다.

악성은 예기를 받아들이며 천천히 거리를 좁혔다.

그러자 당장이라도 공격을 퍼부을 것 같던 예기가 약간 수그러지며 오히려 다가오라는 듯이 약해지는 것이 아닌가.

산중턱쯤에 위치한 거대한 나무자락 아래.

한 청년이 돌을 던지고 있는 모습이 보였다.

악성은 되도록 멀리 떨어져 내렸다.

탁.

악성의 발이 닫는 것과 동시에 돌이 소리를 냈다.

탁탁.

빠른 걸음은 돌이 두 번을 튀겼다.

청년은 묵묵히 땅만 바라보며 손짓을 놀리고 있었다.

그러나 다가서는 악성은 매 걸음마다 천근의 힘에 부딪치는 것처럼 느껴졌다.

백 장 밖에서 예기를 보내는 자의 돌이 평범할 리 없었다.

응축된 기가 손짓에 묻어났다.

악성은 자신도 모르게 무흔검으로 손을 가져갔다.

머리에서 발끝까지.

그가 전신을 훑고 있다는 걸 알 수 있었다.

언제든 돌이 튀어 오르며 악성을 노릴 수 있음에 대비한 행동인 것이다.

태어나서 처음, 아니, 일위강의 원리를 익힌 후 처음으로 위험을 감지했다. 지금까지 겪은 강자들의 몸에서 느껴지는 살기나, 적의 따위가 아니었다.

순수하게 청년의 무공에 대한 위기감이었다.

악성은 자신도 모르게 침을 삼켰다.

'일위강의 원리를 운용하고도 저 사람의 공격이 어디를 향할지 전혀 모르겠다.'

지금까지 일위강의 맥을 이은 묵동주들이 남긴 글을 모두 읽었다. 그 안에는 지금 저 청년의 손짓은 없었다.

언뜻 악성의 뇌리를 스쳐 지나가는 생각.

'혹시……'

묵동주와 풍호가 말하던 한 사람이 떠올랐다.

스스스─

심장을 통한 피의 순환이 혈관들을 일일이 열며 긴장하기 시작했다.

"……!"

악성은 스스로 생각하기에도 놀라웠다. 몸이 알아서 이렇게까지 흥분할 줄은 상상도 못했기 때문이다.

한 발 앞으로 움직였다.

그때, 청년의 손짓이 갑자기 커졌다.

악성은 덕분에 그의 손에 들린 것이 돌멩이가 아님을 확실히 볼 수 있었다.

'돌멩이가 아니라, 강기? 그것도 엄청나게 응축된?'

일부러 빛을 없애고 장난친 모양이다.

악성은 재빨리 돌이 떨어져서 소리를 내던 곳으로 시선을 돌렸다. 이제까지는 청년의 손짓에 관심을 두었으나, 저 정도로 응축된 기와 부딪쳐 소리를 낸 물체를 확인하기 위해서였다.

"……!"

바위가 있으리라 여겼던 곳에는 아무것도 없었다.

악성의 시선이 그곳에 닿자, 그곳이 빛을 뿌리기 시작했다.

츠츠츠— 릇—!

'그럼 저 사람이 던진 기운이 사라진 것이 아니라, 그대로 모여 있었다는……!'

악성의 예상은 한 치도 어긋나지 않았다.

휙—

청년의 손에서 돌멩이처럼 보이는 기가 빠져나왔다.

역시 막대한 기를 머금은 기의 응집체이리라.

위험을 감지한 악성은 재빨리 무혼검을 거두고 신형을 뒤로 움직이며 왼손에 힘을 집중시키자, 묵빛 안개가 왼손을 감싸며 검의 형태를 이루었다.

그러나 악성의 반응보다 청년의 손을 떠난 기의 응집체의 반응이 더욱 빨랐다.

“응?”

무무검에 가까워지던 청년의 공격이 충돌을 피하기라도 할 것처럼 변화를 일으켰다.

청년의 공격 주위로 무시무시한 강기의 회오리가 생성되며 거대한 막이 악성을 밀어내기 시작했다.

“흐엇!”

악성은 헛바람을 삼키며 무무검에서 빠져나온 검을 일직선으로 찔렀다.

쿠콰—!

짧은 굉음이 터지며 산 주위가 마구 요동을 치기 시작했다.

쯔즈즈즉—!

밀려 나간 흙들이 견디지 못하고 사방으로 길을 만들었고, 나무들은 열기를 견디지 못하고 순식간에 바짝 말라 버렸다.

그제야 폭음이 연이어 터졌다.

쿠콰콰콰콰콰콰—!

악성의 눈동자가 마구 떨렸다.

황당하게도 두 기운의 충돌로 인해 산 주위의 지형이 변화하고 있었기 때문이다.

이런 충격은 처음이었다.

갑자기 떠오른 생각.

무언가에 부딪치던 소리의 횟수가 떠오른 것이다.

악성은 ‘아차!’ 싶었으나, 이미 늦은 후였다.

유성처럼 꼬리를 달며 직선으로 날아오던 청년의 공격이 차례를 어기고 일제히 공격해 들어왔기 때문이다.

쿠쾅—!

거친 폭음을 터뜨리며 공격을 막았다.

무무검을 통해 전해지는 충격이 조금 전보다 더욱 거세졌다.

청년은 처음의 자세를 그대로 유지한 채 악성을 쳐다보지도 않고 있었다.

'풍노… 보다 강하다!'

지금까지 악성이 상대해 본 사람 중 가장 강한 사람으로 풍호를 들수 있다. 그러나 청년은 풍호보다 강했다, 그것도 황당할 정도로.

악성은 생각할 여유도 없이 청년의 공격에 따라 무무검을 반월형으로, 둥근 구체로, 넓은 원반 형태로 변형시키며 일일이 막아냈다.

"훅훅……."

겨우 막기만 했을 뿐이건만, 숨이 턱까지 차오르는 느낌이었다.

피의 순환이 잠깐씩 끊기는 것과 연관이 있는 것 같았다.

문제는 청년이 아직도 자리에서 일어나지 않고 있다는 것이다.

'어마어마한 무공을 지닌 자다. 일위강의 원리를 송두리째 흔들어대는 사람이 있을 줄이야.'

읊조리듯이 말소리가 들려왔다.

"경고를 무시할 만한 실력은 있었군."

젊은 사람의 목소리임에는 분명했으나, 뭔가 이상했다.

음성 저 안쪽에 무언가 웅크리고 있다고나 할까?

악성은 놀란 눈으로 청년을 바라봤다.

청년은 대공 모용린이었다.

천산에서 섬서성 초입까지 어떻게 왔는지도 모르고 왔다.

묵동을 찾아갔으나, 그곳에는 아무도 없었다.

오직 거대한 빙동이 입을 쩍 벌리고 그를 맞이했다.

노인을 처음 만났을 때와 같은 어마어마한 긴장감을 느끼기 위해 일부러 곡 입구를 무너뜨렸다.

그러나 곡 전체에 사람의 온기라고는 전혀 느껴지지 않았다.

부수고, 무너뜨리고, 노인을 만나지 못할지도 모른다는 불안감에 사자후까지 터뜨리며 한달음에 달려갔다.

얼음과 하나가 된 노인의 모습을 봤을 때… 그 충격은 말로 할 수 없는 상실감으로 모용린의 머릿속을 지배했다.

노인을 상대하기 위해 삼황과 삼선의 후예들을 모두 상대한 그가 아닌가.

심검을 이루었다.

기련산에서 한 줌의 재로 화한 백리풍 등이 그 증거였다.

만약… 바닥에 쓰여진 글을 보지 못했다면 묵동은 완전히 사라졌으리라.

별스런 글도 아니었다.

낙서처럼 순간순간의 깨달음을 글 쓴 자만이 알도록 표기한 내용이었다. 그제야 노인이 저렇게 단정한 자세로 죽으려면 누군가의 도움이 있어야 한다는 걸 깨달았다.

그리고는 그가 누구며, 어떻게 해야 그를 만날 수 있는지에 대해 줄곧 생각하며 이곳까지 온 것이다.

눈앞의 악성이 문제의 그라는 것은 조금 전의 수법으로 확신할 수 있었다.

악성은 자리에서 일어난 청년의 눈을 그때서야 자세히 볼 수 있었다. 세상을 달관한 듯 깊게 잠긴 눈이 열린다 싶은 순간, 입이 살짝 벌어지며 음성이 나왔다.

"아직 끝나지 않았다."

청년처럼 보이는, 누구라도 그렇게 볼 수밖에 없도록 생겨먹어서는 백 년은 산 것 같은 말투는 뭔가.

그러나 모용린의 말이 끝나는 순간, 악성은 소름이 돋는 걸 느꼈다. 오감을 극대화시키는 바람에 모용린이 만들어 놓은 거대한 지배 공간을 느끼고 만 것이다.

'엄청난······.'

옥(玉) 표면을 쇳조각으로 긁는 것만 같았다.

극극거리는 소리 때문에 악성은 자신만의 공간을 넓힐 수가 없었다.

소리는 급기야 피의 순환까지 침범해 들어왔다.

드드등—

"······!"

공간의 이지러짐이 눈에 확연히 보이는 데도 손을 쓸 수가 없었다.

'이런 황당한 일이··· 헉!'

이지러진 공간이 볼록해졌다.

볼록해진 공간은 이내 회오리처럼 생긴 송곳으로 변하는가, 싶더니 그 숫자가 무려 수십, 아니, 수백 개로 늘어나며 대놓고 악성의 공간을 때렸다.

콰쾅—!

들썩.

'컥!'

악성의 내부를 송두리째 흔들어 버리는 충격은 그때부터 시작됐다. 피의 순환은 벌써 두 번이나 멈추는 황당한 경험을 안겨준 상태였고, 이 상태로 가다가는 목숨까지 잃는 것은 시간문제 같았다.

텅—

이런 충격이란!

일위강의 원리에 의해 순환되는 흐름이 너무도 간단히 끊겨 버렸다.

악성은 비릿한 무엇이 입으로 넘어오려는 걸 간신히 참았다.

피였다.

믿을 수 없는 것이, 악성은 이미 무무환의 기운과 하나가 된 상태라는 것이다.

틱틱—

“……!”

더 이상 버티기만 하다가는 아무것도 할 수 없을 것 같았다.

이를 악물고 무무검을 들었다.

횡으로 긋고, 종으로 막아야 한다.

스팟—

횡으로 그은 무무검에 무언가 잘리는 느낌이 잡혔다.

약간 느슨해진 모용린의 공간을 향해 그대로 무무검을 종으로 그었다.

이럴 때 무혼이 나서서 청년의 공격을 한 번만 막아준다면, 반격까지도 가능할 것 같았으나, 그것은 이번 공격이 성공하고 나서의 문제였다.

무혼까지 보이고 나면 물러서는 것 외에는 남지 않기 때문이다.

일위강의 원리를 무무검에 싣는 것이 아직은 완벽하지 않았다.

콰압콰압─!

종으로 긋는 무무검에 청년의 강기 응집체가 달라붙으며 터졌다. 물론, 악성의 생각이었다.

뒤로 물러서며 전력을 다해 몸을 묵빛으로 만들었다.

이번에는 어느 쪽으로 공격하겠느냐.

번쩍거리는 눈으로 모용린을 노려봤다.

"……?"

곧바로 공격이 이어질 줄 알았던 악성의 눈이 화등잔만 하게 커졌다. 모용린은 어느새 공격을 멈추고 조용한 눈으로 악성을 바라보고 있었다.

"잘했다."

"……!"

악성을 모르는 사람의 입에서 저런 말이 나올 리가 없었다.

"누구… 십니까?"

"천산에는 아무도 없더구나."

"……!"

쿵쿵쿵─

심장이 마구 뛰었다.

모용린의 한마디에 악성의 의문이 모두 해소되었다.

천산의 묵동을 알고 있다는 것은, 전대 묵주와 풍호가 말한 대공이란 자란 뜻이기 때문이다.

모용린의 말이 이어졌다.

"자네가 바닥에 쓴 글의 주인이군. 그렇지?"

"……!"

묵동 바닥에 쓴 글을 말하는 것이라면 모용린의 예측은 옳았다.

그러나 순순히 인정할 수는 없잖은가.

"그게 무슨 말입니까."

악성의 반문으로 모용린의 얼굴에는 이제 희미한 미소까지 떠올라 있었다.

"내가 누군지 아는가?"

"모릅니다."

"내 나이는… 한 팔십 살쯤 됐겠군. 외모가 왜 이러냐고 묻고 싶은가? 잠들기 직전의 모습에서 더 이상 노화되지 않았다는 말을 하면 되겠는가?"

"……!"

"자네의 무공을 보니, 그 노인의 제자쯤? 일위강이겠지? 이기어검을 자르고, 어검술을 자를 수 있는 무공. 후후후. 사실 나는, 노인이 일위강을 익히지 않았기를 바랐다."

악성은 자신도 모르게 입이 벌어졌다.

일위강에 대해 알고 있는 사람을 처음 만났기 때문이다.

"어검술을 사용하게 됐을 때, 삼황과 삼선의 후예란 자들 중 한 명을 만났네. 여자였는데, 너무 간단하게 죽는 바람에 크게 실망했지. 그러다 천산에 또 한 명의 후예가 산다는 걸 알게 됐네. 죽였지. 시체를 찾으려다 노인을 만나게 됐고."

"이유를 물어도 되겠습니까?"

모용린은 악성의 질문에는 아랑곳하지 않고 말을 이어갔다.

"노인이 내게 심검을 익혀서 다시 오라고 했네. 덕분에 목표가 생겼지 뭔가. 지난 오 년간 어떻게 하면 심검을 익힐 수 있는지 모든 가능성을 조사했지."

"……."

악성은 머릿속이 복잡해졌다.

심검이든, 다른 어떤 경지든, 관심은 온통 묵동에 쏠렸다.

"묵동은 어떻게 하셨습니까?"

"묵동? 그곳이 묵동이라고 부르는가? 멀쩡하네. 벽이며 천장까지 쓰여 진 자네의 글도 무사하고."

악성은 모용린의 말을 잘랐다.

"더 할 말이 남았습니까?"

모용린이 고개를 저었다.

"남았네. 이 순간이 오기를 기다렸거든. 사실, 조금 전의 공격은 그리 간단한 것이 아니야. 비록 임의로 만든 공간이긴 해도 심검의 뜻이 담겨 있거든. 내가 지니고 있는 기와 전혀 다른 성질의 기를 분리시켜 옮겨 놓았네. 자네는 모르겠지만, 내가 지닌 힘은 강하지. 하늘을 오시할 정도로 말이야. 둥그런 공간은 자네도 봤겠지? 아주 미미한 힘으로 만든 공간일세. 그 공간 대신 자네의 힘과 부딪쳤다면 어떻게 됐을까?"

악성은 조금 어리둥절한 표정으로 모용린을 바라봤다.

"왜 내 대에 심검이 이어졌는지는 몰라도, 자네와 나는 어차피 만나게 되어 있었어."

말을 마친 모용린이 천천히 돌아섰다.

"……?"

"아!"

"……?"

"자네는 삼황과 삼선의 후예들과 싸워봤나?"

악성은 잠시 대답을 주저했다.

풍호와 싸운 걸 말했다가 엉뚱한 일이 일어날 수도 있기 때문이다.

"한 분과 비무를 해봤습니다."

"당연히 이겼겠군."

악성은 대답할 필요를 못 느꼈다.

"한 명이면 너무 불공평하지. 앞으로 많이 바빠질 걸세. 나중에 한가해지면 대평원으로 놀러오지 않겠나?"

"무슨 뜻이죠?"

"기회는 공평해야 하니까."

"……?"

말을 마친 모용린의 눈은 처음 봤을 때와는 완전히 딴판이었다. 이내 저 멀리, 어디선가 줄이 날아와 그를 채가는 것처럼 그의 신형이 허공을 쭉 솟아오르며 사라졌다.

기분 나쁠 정도로 유연하고 자연스러운 움직임이었다.

그러나 그한테 계속해서 신경 쓰고 있을 시간이 없었다.

서둘러 산서성을 향해 움직였다.

*　　　　*　　　　*

담사우는 한 시진도 채 못 자고 밖으로 나왔다.

사망적혈전 앞에 자의(紫衣)를 입고 수염을 명치까지 기른 노인이 기다리고 있다는 것이다.

"자의에 수염이라……."

묘하게 일치하는 얼굴이 떠올랐다.

정문을 열자, 붉은 해를 등진 혼원경이 보였다.

"역시 당신이었군요, 혼원경."

"클클클. 긴말 않겠다. 조건이 좋더구나. 너와 이곳만 없애주면 공석인 진의맹주의 자리까지 준다니."

"공석? 진의맹주 단목천승이 멀쩡히 살아 있는데, 무슨 소리를 하는 겁니까."

"비었으니, 비었다고 했겠지. 아무튼, 나는 복잡한 건 질색이다. 옛정을 생각해서 나 혼자 왔다. 일단, 이곳을 비워라. 반나절을 줄 테니 개미 새끼 한 마리 없이. 이후에 벌어질 일들은 네 상상에 맡기마."

"쓰레기 같은 자."

"지나간 일보다는 앞으로의 일이 중한 법이거든. 클클클."

"부끄러운 줄은 아시오?"

이렇게까지 말을 하는데도 혼원경은 담담하게 묵인했다.

담사우의 부친 때문에 목숨을 건진 적이 있는 그로서는 당연한 반응이었다. 세간에는 그가 구유대제나 철전패왕처럼 은거에 들어갔다고 했으나, 잘못된 소문이었다.

제룡의 천마신공에 패해서 죽을 위기에 놓인 그를 담사우의 부친이 살려준 것이다.

그때였다.

"이봐, 늙은이. 지랄 삽질하는 소리 그만 하고 반나절 동안 뭐 빠지게 도망갈 궁리나 하셔. 다 늙어서 헛소리 그만 하고!"

잔뜩 배배 꼬인 음성.

혼원경의 눈빛이 사나워졌다.

"네놈은 누구냐!"

위지무의 사람 속 긁는 재주는 거기서 끝이 아니었다.

침을 뱉듯이 '툭' 던지는 말이란,

"알 거 없잖아."

"뭐, 뭐라고! 이이… 버르장머리없는 놈! 당장 이리로 오너라!"

"귀찮아. 나도 나름 바쁜 몸이라구. 그러니 하나씩 오지 말고 전부다 함께 와. 알았지? 담 전주님, 상대하지 말고 내려가서 밥이나 먹읍시다."

담사우는 위지무의 표정을 보며 파안대소를 터뜨렸다.

"하하하! 이거 얼마 만에 웃는 건지 모르겠군. 역시 위지 각주와 함께 있으면 즐겁단 말이야."

"우헤헤헤. 그게 바로 이 위지무의 매력 아니겠소. 한 사람만 몰라봐서 그렇지."

"한 사람?"

"그런 게 있소이다. 에휴, 사랑을 못하게 하려거든 나타나지나 말게 해주지. 쩝……."

"……?"

고개까지 젓는 모습에서 심각한 고뇌가 느껴졌다.

담사우는 먼저 들어가는 위지무를 따라갔다.

"위지 각주, 기다려 봐. 무슨 말인지 자세히 말해야 도와줄 게 아니냐구. 이봐!"

혼원경은 위지무를 따라서 안으로 들어가는 담사우를 불렀다.

"담사우!"

돌아선 담사우가 고개를 갸웃거렸다.

"반나절 동안 거기서 기다리려고 서 있는 거요?"

"……!"

"아직 시간이 있으니, 나중에 봅시다. 후후후."

묘한 웃음을 남기며 담사우는 급히 안으로 사라졌다.

황당한 상황에 말을 잇지 못하던 혼원경의 표정이 볼만했다.

"후후후? 네깟 놈이 노부의 선처를 무시했단 말이지? 클클클."

시간을 정해주지 않았으면 당장 정문을 부수고 들어가 전부 피 떡으로 만들었으리라.

그는 고개를 뒤로 돌리고는 곧장 자리에서 사라졌다.

슥—

내려간 줄 알았던 위지무와 담사우.

두 사람은 혼원경이 사라진 것을 확인하고 나서야 모습을 드러냈다.

담사우가 심각한 어조로 말했다.

"저 혼원경이란 자는 만만한 상대가 아니야."

"척 보기에도 그렇네요. 뭐, 그래 봐야 거기서 거기겠지만."

너무 태연한 반응에 담사우는 위지무의 위아래를 보며 놀란 표정을 지었다.

"자네 정말 과거에 내가 알던 위지 각주가 맞나?"

"왜, 아닌 것 같습니까? 하긴 예전에 비하면 용 됐지. 킥킥킥."

"저 혼원경이 누군지 자네도 알잖은가. 구유대제님과 이름을 나란히 하던 자야. 그런 사람한테 장난칠 정도의 배짱은 아무나 있는 것이 아니라구."

"차라리 그건 쉬운 일입니다. 내 운명의 여인을 만나고도 사랑하지 못하는 팔자가 더럽고 치사한 거지요."

"갑자기 아까부터 웬 사랑 타령인가?"

"그런 게 있습니다. 아… 해는 저렇게 눈부시게 떠오르건만, 하루가 지날 때마다 사랑은 이토록 꺼질 줄 모르건만, 순순히 보내야만 하는 이 찢어지는 마음을 어찌 설명하겠습니까. 하아……."

"……?"

담사우는 계속되는 위지무의 어울리지 않는 행동에 궁금하기 짝이 없었다. 어울리기라도 했으면 보는 사람의 입장에서 괴로울 리 없었지만, 도저히 눈뜨고 봐줄 수가 없었다.

"그만 하지?"

"예?"

"고백해야 하는 사람이 누구야?"

"…헤헤헤."

사망적혈전의 건물은 모두 여섯 채.

정보를 담당하는 곳답게 동서남북에 높은 건물을 배치해 중앙이 보이지 않도록 했다.

외부에서 공격을 한다 해도 여섯 개의 전각 꼭대기까지 도달하려면 시간이 많이 걸린다. 그 안에 정보를 다른 곳으로 이동시키면 그만이었다.

중앙의 낮은 건물에도 무인들의 수는 많지 않았다.

담사우의 운영 능력이 뛰어남을 단적으로 보여주는 모습이다.

경계를 할 필요가 없다는 것을 보여주어 지나치게 만든 것이다.

북궁운혜는 사망적혈전에 오자마자 주위부터 살폈고, 적들이 공격해 오면 어떤 식으로 대처할지 머릿속으로 그려놓은 상태였다.

창을 등지고 선 단파의 몸 뒤로 주홍빛이 예쁘게 번졌다.

'저 주홍빛이 곧 선홍색으로 물들게 되겠지.'

단파는 북궁운혜가 자신을 똑바로 바라보자, 급히 시선을 피하며 보고했다.

"담 전주가 새벽에 왔답니다. 그리고 혼원경은 쫓아갈 필요가 없게 됐습니다."

"알겠어요."

북궁운혜는 앞으로 몇 가닥 내려온 머리칼을 쓸어 올렸다.

그리고는 차를 한 모금 마시며 고개를 뒤로 젖히고 흔들었다.

출렁—

'……!'

아찔한 모습이 아닐 수 없었다.

"며칠 동안 잠을 편히 못 잤더니 피곤하네요."

단파는 그런가 보다 생각하고 말았다.

북궁운혜가 피곤한 이유는 새벽에 잠을 자지 못했기 때문이다.

담사우는 도착한 즉시 제제와 북궁운혜가 있다는 말에 따로 그녀들을 부른 것이다.

"잠시 눈이라도 붙이시지요."

"아니요. 일어났으니 움직이죠."

북궁운혜는 곧장 방을 나섰다.

단파는 그녀의 뒷모습을 보며 고개를 절레절레 흔들었다.

반나절은 너무 빨리 지나갔다.

"쓸어라."

혼원경의 명령이 떨어지자, 수십 명이나 되는 자의인들이 곧장 정문을 향해 움직이려 했다.

그때, 자의인들을 물러서게 만드는 거대한 폭음이 터졌다.

쿠쾅—!

"그 자리에서 한 발자국만 움직이면 모두 죽을 줄 알아!"

"……!"

제제가 담 위에 모습을 드러냈고, 뒤이어 위지무와 담사우가 정문을 열고 나왔다.

혼원경은 인상을 썼다.

땅에서 열기가 확 퍼지는 걸로 봐서 열양장력이 분명했다.

그러나 손을 쓴 당사자는 여인이 아닌가.

"클클클. 천마신공?"

"눈은 제대로 달린 늙은이군."

"계집이 천마의 무공을 익혔다는 걸 믿으란 소리 같구나."

"보고도 믿지 못하겠어? 그럼 직접 확인해 볼래?"

혼원경은 입맛을 다셨다.

'담사우는 신경 쓸 필요 없다. 저 계집과 재수없게 생긴 조놈이 문제인데… 그래 봐야 셋.'

막 그가 결심을 굳히고 명령을 내리려 할 때였다.

스슷—

'응?'

제제의 양옆으로 세 사람이 더 나타났다.

"혼원경, 오랜만이구나."

"헉! 천마구로!"

혼원경은 혼비백산한 표정을 지었다.

천마 제륭은 이미 오 년 전에 죽었다고 알려졌다.

그러나 천마구로는 암황무적군단의 장로들이 아닌가.

눈동자를 빠르게 굴렸다.

데려온 자의대는 모두 백여 명.

수가 아무리 많아도 천마구로가 이곳에 와 있다면 얘기는 다르다.

"제법 수를 썼구나."

담사우가 어이없다는 듯이 반문했다.

"수를 쓴 건 아리대부인이지, 내가 아니오. 그녀의 장단에 춤춘 당신이 오히려 수작에 당한 거지."

"닥쳐!"

위지무의 눈썹이 바짝 치켜 올라갔다.

"믿기 싫으면 관둬. 어따 대고 소리를 질러! 뒈질래!"

"지, 지금 뭐라고 했느냐."

"당신이 아니라도 인생이 고달픈 사람이야. 저런 같잖은 허수아비들은 백 명을 끌고 와도 허수아비란 것도 모르면서 누구한테 신경질이냐고! 주모님, 이 미친 늙은이는 제가 맞겠습니다."

제제는 코웃음 쳤다.

"안 돼."

"컥! 예?"

"믿을 수 없어. 확실하게 내가 처리할 거야."

"주모님!"

혼원경은 눈에 불을 켜고 소매를 떨쳤다.

"이이… 미친 것들이 노부가 누군 줄 알고! 궁마각(弓魔角)!"

쾌액쾌액—

그의 양쪽 소매에서 빠져나간 물체는 제제와 위지무를 향해 빠르게 날아갔다. 그러나 제제와 위지무는 서로를 쳐다보고는 누가 먼저랄 것도 없이 ‘씨익’ 웃었다.

“이까짓 것쯤이야. 헤헤헤.”

“괜히 센 척하지 말고 잘 막아.”

“염려하지 마십시오, 주모님!”

제제는 피식 웃었고, 위지무는 자신감 넘치는 표정으로 막 손을 쓰려 했다.

그 순간,

따아— 다아— 앙—!

혼원경의 마각을 먼저 막은 건 가야금 뜯는 소리였다.

“호호호. 두 분께 죄송해요. 저자는 제게 양보하셔야겠어요.”

제제와 위지무는 자신들을 향해 날아오던 마각이 방향을 바꿔 되돌아가는 걸 보고서 허공을 올려다봤다.

둥실.

북궁운혜가 반하지 않을 수 없는 환한 미소를 머금은 채 허공에서 두 사람을 내려다보고 있었다. 조금 전에 두 사람이 들었던 소리는 칠현금쇄에서 나온 소리였다.

제제는 못마땅한 표정을 지었으나, 위지무는 쩍 벌린 입을 다물지 못하고 탄성을 발했다.

“멋집니다, 북궁 소저!”

원하는 위치에 원하는 크기의 강기 막을 형성시킬 정도라면 이미 음(音)에 있어서 만큼은 경지에 올랐음을 의미하기 때문이다.

북궁운혜는 활짝 웃으며 인사를 건넸다.

“호호호. 고마워요.”

세 사람의 즐거운 대화로 인해 공격한 혼원경만 이상해지고 말았다. 상황이 묘하게 돌아가자, 그는 혼자서 온 것을 후회하기 시작했다.

흘끔 뒤를 돌아봤다.

따라온 자들이 있을 리가 없었다.

‘자의대만 데려오는 게 아니었… 가만, 북궁? 그럼 저 계집이 천검부의 재녀라는 북궁운혜!’

일단 자리를 피하는 것이 상책이었다.

“비겁한 놈들, 이런 함정을 파놓고 기다렸구나!”

혼원경은 호통을 치며 눈을 부라렸으나, 조금 전과는 완전힌 딴판이었다. 연신 눈동자를 굴리며 몸을 뺄 기세였기 때문이다.

그 모습에 위지무가 짜증스럽게 혼원경을 노려봤다.

“비겁? 지금 비겁이라고 했냐? 혼자서 올 것처럼 굴더니, 백 명이나 부하를 데려온 늙은이가 비겁하지, 우리가 어째 비겁해? 엉!”

제제가 힘을 더해 주었다.

“위지무, 마음에 들어. 잘한다. 좀 더 힘내. 남자다운 모습을 보여주면 혹시 알아?”

“……!”

위지무는 뒤를 돌아보더니 고개를 좌우로 마구 돌렸다.

제제의 혀 차는 소리가 들렸다.

“쯧쯧. 혹시라고 했지!”

“쩝…….”

위지무는 금방 시무룩해져 버렸다.

혼원경은 허공에 떠 있는 북궁운혜의 손을 주시했다.

그러나 북궁운혜는 더 이상 칠현금쇄를 타지 않았다.

허공에서 계속 머무는 이유가 혼원경을 도와줄 자들이 있는지 확인하기 위해서였으니, 당연한 행동이었다.

“함께 온 사람들도 당신을 버린 것 같군요.”

“클클클, 자의대를 모두 상대하고도 같은 말이 나오나 보자.”

북궁운혜는 굳이 싸움을 하지 않아도 압승이 될 것은 자명했다.

‘아리대부인은 혼원경이 죽어도 상관없다는 것인가? 도대체 그녀가 바라는 것이 뭐지?

지난밤, 담사우의 얘기는 충격적이었다.

제제가 탁휘룡을 물리쳤다는 말도 놀라웠지만, 담사우가 나중에 따로 전해준 말은 더욱 놀라웠다, 삼마군이 강시가 됐으며 어쩌면 오늘 아리대부인이 데리고 왔을지도 모른다는.

제제를 이번 싸움에서 나서지 못하게 할 수 있으면 좋겠지만, 그녀의 말을 들을 제제가 아니잖은가.

삼마군이 나타나는 즉시 단정과 단파를 보내는 수밖에 없었다.

*   *   *

과연 강기를 응축시킬 수 있는 한계는 어디까지인가.

악성은 시간이 지날수록 모용린과 만났던 상황들을 잊을 수가 없었다. 경고 형태의 예기를 뿌릴 때서부터 피의 순환을 끊어내는 공격까지.

모든 순간들이 위기 아닌 적이 없었다.

특히, 마지막 공격의 그 거대함이라니.

탁휘룡이나, 적무극, 풍호 등의 기운은 한 번 겪고 나자, 어떻게 상대해야 할지 머릿속에 떠올랐으나, 모용린의 공격은 어떻게 상대해야 할지 도저히 떠오르지 않았다.

'현재 나는 강기를 상대할 수 있는 힘은 생각만으로도 만들어낼 수 있다. 아니, 그 이상의 힘을 원리로 끌어낼 수 있는 상태다. 그런데도……'

진의십이천 중 일곱의 내공을 한꺼번에 잘랐고, 단정의 공격 역시도 마찬가지의 결과를 만들어낼 수 있었다.

피하기는 했지만, 추성의 공격 역시.

'좀 더 강한 힘을 만들어내야 해. 좀 더 강한……'

악성의 결심이 확고해질수록 무무환의 묵빛이 점점 짙어졌다.

"역시… 지나가는구나."

자리에서 일어난 추성은 여의무적도를 꺼내 들었다.

해빈을 명무상 등과 함께 보낸 뒤 계속해서 기다렸던 것이다.

여의대류참을 가볍게 막고 반격까지 할 실력으로 서두른다?

오직 한 가지 경우일 때뿐이다.

싸움!

수소문하여 사천성, 산서성 등 모두 일곱 곳의 고수들이 모인다는 보고를 받았다.

악성이 향할 곳은 사천성 외에는 없었다.

일이 해결되는 대로 되돌아올 것이라 여기기는 했지만, 정말로 똑같은 길을 선택할 줄은 몰랐다.

'직감을 믿길 잘했군.'

추성은 반가운 친구라도 만난 것처럼 가볍게 손을 저었다.

다가오는 악성을 향해 일도(一刀)를 날린 것이다.

"여의… 대륙… 참!"

슈와― 악―!

며칠 전에 사용했던 여의대륙참과는 비교도 안 될 거대한 기운이 실려 있었다.

악성이라고 왜 추성을 만났던 장소를 모르겠는가.

다시 나타날지도 모른다는 생각에 신경을 곤두세우며 지나가는 중이었다.

내심 기다리고 있었는지도 몰랐다.

'응?

위쪽에서 무언가가 빠르게 다가오는 소리가 들렸다.

쇄― 에― 엑―!

"이런 예상은 왜 번번이 들어맞는 거지?"

굳이 부딪칠 필요 없었다.

팟―

악성의 신형이 순간적으로 사라졌다.

쿠콰콰콰콰―!

거대한 폭음과 함께 악성이 있던 자리에 엄청난 구덩이가 생겼다.

추성은 당당하게 다가오는 악성을 의외의 눈으로 쳐다봤다.

"인사치고는 너무 가벼웠나?"

"또 뵙는군요."

“기다리고 있었네.”

“일전에는 급한 일이 있어서…….”

추성은 한쪽 입꼬리를 올리며 웃었다.

“마치 급한 일 때문에 나를 놓아줬다고 들리는구나. 겁나는 걸?”

기분 좋은 얼굴을 하고서 입으로만 하는 말이다.

악성도 추성의 말에 가볍게 응대했다.

“겁나는 사람의 얼굴로는 보이지 않는군요.”

“그 강시는 어디 있느냐?”

“강시가 아니라 무혼이란 이름을 갖고 있습니다.”

추성은 깜짝 놀랐다.

“무혼? 그럼 네가 무혼지주?”

“저를 아십니까?”

“왜 모르겠느냐, 진의맹의 진의십이천 중 일곱 명의 목숨을 한꺼번에 사라지게 한 고수를. 어쩐지 뭔가 다른 냄새가 난다 했다. 삼황과 삼선 중 어디냐?”

악성은 피식 웃었다.

“잘못 짚으셨습니다. 저는 삼황과 삼선과는 전혀 상관없는 사람입니다.”

추성의 눈썹이 꿈틀거렸다.

“그 말을 나보고 믿으라고? 자네의 무공은 절대 평범하지 않아.”

“하하하. 제 말을 또 오해하셨군요. 저는 평범한 무공을 익히지 않았습니다. 아주 특별한 무공을 익혔지요.”

추성은 인상을 썼다.

“특별한 무공이란 말에는 할 말 없다. 너무 특이한 경험을 하게 해줘서 도저히 잊을 수가 없었으니까. 그러나 이번에는 다를 것이다."

악성이 급히 고개를 저었다.

"지금은 곤란합니다."

"도망가겠다는 소리냐?"

추성의 목소리에 날이 서 있었다.

악성은 추성을 똑바로 바라보며 또박또박 말했다.

"나는 누구 앞에서도 도망가지 않습니다. 단지, 지금은 해결해야 하는 일이 있어서 시간을 아끼려고 그런 것입니다. 그 일이 해결될 때까지만 기다려주십시오. 얼마든지 상대해 드리겠습니다."

악성의 실력을 이미 겪은 추성이었다.

저런 말을 할 정도면 정말로 급한 일이리라.

그러나… 고집을 부리고 싶었다, 지금이 아니면 언제 만나게 될지 모르기에.

"너 정도 되는 고수를 곤란하게 할 사람이 누군지 궁금하구나."

악성은 어렵게 입을 뗐다.

"혈왕이란 자를 아십니까?"

"혈왕?"

"마마천황의 후예입니다."

추성은 뒷말이 끝나기도 전에 되물었다.

"마마천황의 후예? 그자와 만났는가?"

"아니요. 만나지 못했습니다. 길이 엇갈리는 바람에 만날 기회가 없었습니다. 진의맹으로 향했다는 말을 듣고서 쫓아가는 길입니다."

"흐음……."

"이젠 비켜주시겠습니까?"

"그럼 자네는 하북성으로 갈 요량이군."

"아닙니다. 산서성에 들러서 일단 만나볼 사람이 있습니다."

"혹… 사망적혈단?"

"……!"

쉬에— 엑—

악성과 추성은 거의 나란히 움직이고 있었다.

악성의 신법을 이미 경험한 추성이었지만, 시간이 흐를수록 놀람을 금치 못했다.

'이 녀석은 지금 내공을 사용하지 않고 있다.'

분명히 느낄 수 있었다.

악성의 몸에서는 어떠한 기운도 느낄 수 없었다.

힐끔.

악성이 이상한 시선을 느끼고 돌아보자, 추성은 재빨리 시선을 피했다.

'힘을 사용하기 전까지는 어떠한 것도 느낄 수 없다는 건가? 그런 무공이 존재하던가?'

갈래 길이 보였다.

추성은 자연스럽게 좌측으로 몸을 틀다가 급히 멈춰 섰다.

"사망적혈단으로 가려면 이 방향일세."

악성의 무공 때문인지, 말투가 약간 누그러져 있었다.

악성은 생각에서 깨어나며 주위를 둘러보다가 고개를 저었다.

"들를 곳이 있습니다."

"뭐라고?"

급하다고 한 사람인 누군데.

"제가 여의무적도 대협을 뵙기 전까지……."

"추성."

"예에… 악성이라 합니다."

"나를 만나기 전에, 까지 말했네."

"지금 들르려는 곳에서 잠시 다툼이 있었습니다."

"혈왕?"

"맞습니다. 동료들만 남겨놓고 급히 떠났거든요."

"동료? 그들도 너만큼 기괴한 무공을 지녔느냐?"

'기괴한 무공?'

악성은 실소를 머금으며 고개를 저었다.

첫인상과는 다르게 꽤나 직설적인 면이 강한 추성이었다.

"아닙니다. 한 분은 추 대협께서도 아시겠네요. 삼선의 후예 중 한 분이십니다. 다른 두 명은… 뭐, 기괴하다면 기괴한 무공을 지닌 것도 같네요. 하하하."

"삼선의 후예 중 한 명이 동료라고?"

"반야무극선의 후예십니다."

더 이상 무슨 설명이 필요하겠는가.

"……!"

추성은 잔뜩 인상을 쓴 채로 악성을 쳐다봤다.

삼황과 삼선의 후예는 아니라고 하면서 삼선의 후예와는 동료라고 한다. 게다가 생각만 해도 즐거운 듯한 저 표정도 마음에 들지 않았다.

언제 웃어봤는지 기억도 나지 않는 그에게는 버거운 감정이 느껴졌기 때문이다.

추성은 땅에 내려서기도 전에 진동하는 혈향에 인상을 찌푸렸다.

"이게 뭐냐. 여기서 전쟁이라도 치렀느냐?"

"붉은 옷을 입은 자들은 혈왕의 부하들이고, 저쪽에……."

혈영들의 시체가 셀 수 없이 많았기에, 칠왕 등의 시체는 유독 눈에 잘 띄었다.

슛―

추성은 무심코 악성의 옆으로 고개를 돌렸다.

또 언제 나타났는가.

십여 장 정도 떨어진 곳에 무혼이 나타났다.

'그 강시!'

무혼은 모습을 드러내자마자 시체를 밟았다.

뿌각―!

무혼의 황당한 행동에 어쩔 수 없이 악성을 불렀다.

"이봐, 저 강시가 뭣 하는 짓인가?"

악성은 무언가를 찾던 행동을 멈추고 뒤로 돌아섰다.

담담한 눈이었으나, 화를 내는 것보다 더 차가워 보였다.

"뭔가."

"강시가 아니라, 무혼입니다. 그리고 시체를 밟는 것처럼 보이지만, 주인 잃은 강시를 부수는 중입니다."

"주인 잃은 강시?"

"진의십이천이란 자들의 수호시입니다."

꾸득― 뿌각―!

무혼이 움직일 때마다 묘한 소리가 계속 들렸으나, 이내 나타날 때와 마찬가지로 순식간에 사라졌다.

"허!"

추성은 자신도 모르게 탄성을 질렀다.

무혼이 한순간 '쑥' 하고 사라졌기 때문이다.

'땅속……'

다가가 무혼이 사라진 곳을 살펴봤으나, 눈으로 보지 않았다면 위치조차 찾을 수 없을 것 같았다. 더구나 한 곳에 머무는 것이 아니라, 움직이고 있었다.

무혼의 움직임을 따라가던 그의 눈에 어디론가 급히 움직이는 악성이 보였다. 동굴로 보이는 거대한 입구로 금방 사라질 것 같았다.

숫―

『일위강』 6권에 계속